「そうやって並べると
全然印象が変わるな」
料理長・リック
野原莉奈《のはらりな》
副料理長・マテウス

「食べやすい方が
イイよね～」
料理人・リリアン

口絵・本文イラスト
たらんぼマン

装丁
木村デザイン・ラボ

第1章　ゲオルグ師団長の傍迷惑な愛

美容液を求め、竜達は各地から希少なものを集めてきた。その中に〝神龍〟リヴァイアサンが交じっていただけでも驚きだが、〝聖木〟が交じっていたのはもっと驚きであった。

しかも、力任せにブッコ抜かれてきた聖木は、人でいうところの瀕死《ひんし》状態。それを見た莉奈《りな》の罪悪感と好奇心により、聖木は〝聖樹〟に進化を遂げた……が、そのせいで莉奈はフェリクス王に大人しくしていろと言われてしまった。その事を番《つがい》である碧空《へきくう》の君に愚痴ったもののまったく相手にされず、莉奈はトボトボと竜の宿舎を後にした。

さて、どこに行こうと考えた莉奈は、普段あまり行く機会のない城壁へ散歩がてら向かうことにしたのだった。


「綺麗《きれい》な庭だなぁ」

銀海宮《ぎんかいきゅう》正面にある庭は、王城にある中で一番大きな庭だ。

要人が来ると一番に目に付く、いわばヴァルタール皇国の顔なのだから、立派であるのは当たり前。毎日誰かが手入れをしているため、草花や木は切り揃え整えられているしゴミなど一切落ちていない。

ちゃんとした庭番がいるから、いつも綺麗である。

「おぅ、リナ」

庭園を散策していたら、馴染みのある声が聞こえた。

庭師らしき人達の隣に、王宮内で一番大きな体躯《たいく》をしている者がいた。言わずもがな、近衛師団長のゲオルグである。

軍部のトップが庭番に何の用があるのだろう。

「何しているんですか？」

「いや、娘のロッテがな。最近、花に夢中になってるんだよ。だから、何か小さな庭園でも造ってやろうかと」

庭師にアドバイスを求めていたのだと、ゲオルグ師団長は笑っていた。

ゲオルグ師団長の実家は侯爵家だから、大きくて立派な庭園がある。小さなというのだから、たぶんロッテだけの庭園を新たに造ってあげるのだろう。

相変わらず家族思いで、一人娘ロッテを可愛がっているみたいだ。

ゲオルグ師団長を見ていると、奥さんのジュリアは猛アタックした甲斐《かい》があったんだなと、つくづく思う。娘のために、自ら花を探して植えてあげようなんて、ものスゴく素敵な事である。

まさに、理想的な父であり、旦那様《だんな》ではなかろうか。

「なら、垣根にはククベリーなんかいいんじゃないですか？」

莉奈はそう勧めた。ククベリーの木の高さは、1メートルくらいで低めだ。垣根には丁度良いし、ロッテも目の前で花が見られるかなと思う。

花は小さくて可愛いし実が生れば食べられるしで、鑑賞と実用の両方を兼ね備えている。

まぁ、飽きれば結局、鳥が食べに来るだけになるけど。

「私たちもそれを今、オススメしていたところなんですよ」

「手入れも簡単だし実も食べられるしで、良いのではと」

「でも、実《み》はなぁ。家の庭にはライムの木があるんだが、誰も食べないんだよな」

ククベリーもそうならないかなと、ゲオルグ師団長は庭師達の横でボヤいていた。

昔は果物屋があまりなかったため、ゲオルグ師団長の庭にも植えたらしいが、今は誰も手を付けなくなったそうだ。

確かに莉奈の家の近所にも柿やレモン、イチジクなどたくさんの果物が庭に生えていたが、悲しい事に誰も食べていない。

せっかく生っても実を収穫する事もしないため、道路によく落ちて潰《つぶ》れている。莉奈もそこを通るたびに、もったいないと思ったものだ。

「ククベリーといえば、リナのおかげで食べて貰《もら》えてるから嬉《うれ》しいよ。ありがとうな」

一生懸命に手入れしてきた庭師の人達が、ものスゴく嬉しそうに笑っていた。

他にも美味しい果物があるから、身近にあるククベリーは存在感も薄れ、いつしか鳥が食べる実だと思われてしまったらしい。

「なんか訊《き》いてみたら、知らない間にククベリーは赤いのが熟した証拠だって、思われていたしな」

「あぁ、でもアレはたぶん、ククベリーを食べるクク鳥に原因があるんだと思いません？」

庭師達の会話を聞いていた莉奈は、初めて聞く鳥の名前に思わず聞き返してしまう。

「クク鳥？」

「そこにもいるよ」

クク鳥とは、雀と同じくらいの大きさの鳥で、嘴《くちばし》だけが白い真っ黒な鳥である。

よくいる鳥だと聞いて、莉奈が辺りをキョロキョロすれば、チュンチュン鳴きながら歩いていた。

「そうか、クク鳥は腐った果物を好む鳥だって迷信があるから、黒くなっているのを食べる様子を見て、勘違いして広まったのか」

「「風評被害だ」」

腐ったら黒く変色する物が多い。

そして、腐った物を好むと言われているクク鳥の存在だ。

誰かがなんとなく言った言葉が、勝手に広まってしまったらしい。

庭師の人達は、しっかり調べて知識があるから、黒いのが熟した証拠だと知っている。だが、すでに広まっている偽情報の方が真実味があり、打ち消されてしまった様だった。

ククベリーも可哀想な存在である。

「あ、そうだ。ククベリーを植えるなら、実をジャムにすればいいんじゃない？　パンに塗ったりヨーグルトにも入れられるし、お父さんと一緒に収穫すればロッテちゃん喜ぶんじゃないかな」

「そうか。食育にもなるのか」

「後、ライムの木があるなら、前に教えた〝ニコラシカ〟をレモンじゃなく、ライムに代えて作ればジュリアさんが喜ぶかも」

「なっ！」

途端にゲオルグ師団長の表情が、キラッとした。

〝ニコラシカ〟とはざっくり言うと、レモンと砂糖を口に含んでからブランデーで味わうカクテル。作り方は簡単で、ブランデーを注いだグラスの上にスライスしたレモンで蓋《ふた》をして、そのレモンの上に砂糖をのせるだけ。口の中で作る面白いカクテルである。

ライムの木があるならライムの生る季節は、そのレモンをライムに代えればいい。飲んだ事はないけど、柑橘《かんきつ》系ならたぶん合うハズ。

「〝ジュリアに愛を込めて〟……なんて、作ってあげて出したら――」

「リナ、お前は最高だ‼」

「グエッ！」

そう提案したら、感極まったゲオルグ師団長に抱き締められた。

まさに抱き「締め」である。

力の加減って知ってますか？　ゲオルグ師団長。息が出来ませんけど？

締められて遠のく意識の中、抱き締められた事がゲオルグ師団長の奥さん、ジュリアに知られたら、本気で命が危ない気がするなと思った。

「ゲオルグ師団長‼」

「リナが死んじゃうよ‼」

「離して‼」

「「今すぐ力を緩めてーーっ‼」」

莉奈の様子がオカシイと気付いた庭師達が、顔面蒼白《そうはく》で慌ててゲオルグ師団長を離してくれた。

止められなかったら、莉奈はまさに締め殺されるところだ。

人を素手で締め殺せる人って本当にいるんだと、莉奈は身をもって知った今日この頃だった。

◇◇◇

「ゲオルグさんに殺されるところだった」

莉奈はやっと息が出来たと、深呼吸していた。

死因がまさかの、人による圧死か窒息死になるところだった。

「リナは大袈裟《おおげさ》だな」

「大袈裟違う」

ゲオルグ師団長は莉奈には加減をしないのか、それともコレが通常で、奥さんのジュリアは平気なのか分からない。

「いやぁ、しかし、またジュリアに惚《ほ》れ直されちゃうかな」

莉奈を離した後も、妻を思いデレデレのゲオルグ師団長。

喜んでくれるのはいいけど、表現が妙に激しいよね。まるで、竜みたいだなと莉奈は独りごちる。

そんなゲオルグ師団長を置いて、散策を続行しようとしていたのだが、隣にはゲオルグ師団長が。

なんと付いて来たのだ。まるで忠犬かの如くである。

「なんで付いて来るかな？」

「お前は一人にしておくと色んな意味で危険だ」

そう言ってゲオルグ師団長は豪快に笑っていた。

〝危険〟とは何か。失礼極まりない。

「どこに行くんだ？」

フェリクス王の許可を得ていないので、王城の外でない事だけは確かだが、方向が銀海宮や竜の広場ではないため、不思議に思ったようだ。

「正門」

「正門？　そんな所に何しに行くんだ？」

ゲオルグ師団長は、疑問の声を上げていた。

軍部にいるゲオルグ師団長は、警備の状況を確認する為に行く事があるが、莉奈には用のない所である。

「城壁の上って行った事がなかったなと思って」

行くなと言われていた訳ではないが、邪魔してはいけない雰囲気のある場所だ。

警備隊の人達と仲良くなったから、見学くらいイイかなと思った。そこから森や街を見てみたかった。

「城壁には変な水を掛けるなよ？」

「失礼極まりない！」

揶揄《からか》っているのか真面目になのか、そう言うゲオルグ師団長に、莉奈が思わず頬を膨らませたのは言うまでもなかった。

◇◇◇

城壁は一軒家より遥《はる》かに高そうだ。10メートルは軽く超えるだろう。

魔物が容易に侵入できない様になっているのだ。それでも、飛行系の魔物は壁などお構いなしだが。しかし、それも街や村での事。

ここは、魔王様のいる城だ。

その魔王ことフェリクス王がいる上に竜もいる。万が一があっても、近衛師団も警備兵もいるので、滅多に魔物が侵入する事はなかった。

城壁の上は警備兵達が行き交う事が出来る。また、門扉の両脇には四角い建物があり、その中に見張り台へ登る階段や、休憩所が兼ね備えてあり、いわゆる詰め所となっている。

中に入ると意外と広く、コンビニ店より大きい。その奥に上下の階段が設置されていて、地下には瞬間移動《テレポート》するための魔法陣がある様だ。

以前、街から来たバーツ師匠やアーシェスは、ここから来たのだろう。

ここで、警備兵達に身元や所持品などを確認され、色々調べられてやっと入城が許可される訳だ。

莉奈の身元を知らない人は王城にはいないけど。

「あれ？　リナじゃん」

一階の詰め所に入れば、休憩中の警備兵達が莉奈の存在に少し驚きつつ、背後にいるゲオルグ師団長に慌てて目礼や会釈をしていた。

「どうした？」

「魔物を食うだけじゃ飽き足らず、とうとう狩りに出るのか？」

「でも、食えそうな魔物は、あまりこの辺には寄り付かないぞ？」

「狩らないよ‼」

何故、魔物を狩る方向になるのかな？　街に行くという選択肢はないのか。

だが今や、莉奈が真珠姫を蹴《け》り倒したのを知らない者はいない。

食う魔物は自らの手で狩るまでになったのかと、警備兵達が一斉に笑っていた。もし、仮に冗談だとしても、莉奈なら本気で狩り獲って来そうだと皆は思っている。

召喚された直後ならまだしも、現在は竜騎士団にも所属している莉奈を、か弱き少女だと思う者は誰もいなかった。

「なら何しに来たんだ？」

珍しいと思った警備兵達が訊いた。

来てはいけないわけではないが、もの珍しい物はないからだ。

「ここからなら、生きた魔物でも見られるかなと」

一年近くいるが、生きた魔物を見た事はない。食料となった死骸《しがい》なら、いくらでも見ているのに……。

動物園やサファリパークではないが、安全な所から一度くらい動いている魔物を見てみたかったのだ。

莉奈がそう言えば、皆が顔を見合わせこう言った。

「「「陛下がいる時は無理だな」」」

さすが魔王様ですな。

竜がいるのも理由ではあるけど、主にフェリクス王が王城内にいると、何故か魔物は寄り付かない様だった。

強者は強者を感じ取るのだろう。弱者は恐怖で寄り付かない。わざわざ森から出て城壁近くまで寄り付くのは、怖い物知らずの魔物のみ。

それに注意して退治するくらいだと、警備兵達は苦笑いしていた。

一番護らなければならない国王陛下が、自分達より遥かに強いので、警備兵としては複雑な様だった。

こんな平和だと、ダラダラしていざという時に動けないので、たまにはヒリつきたいとボヤいている。至極贅沢《ぜいたく》な悩みだ。

警備兵達が、そんな話を和やかにしていたら――。

「あ、陛下だ！」

莉奈が、おもむろに警備兵の後ろを指差した。

「「「……っ⁉」」」

途端に、緩みきっていたその場の空気が、痛いくらいの緊張感でピリッと引き締まり、警備兵達は一斉に背筋を伸ばした。

飛び出しそうな心臓を押さえ、皆は莉奈が指を差した方を見る。

「「「……」」」

だが、誰もいなかった。

そう、莉奈の冗談である。

「あはは」

「なっ⁉　笑い事じゃやねぇ‼」

「「「冗談でもヤメてくれ‼」」」

緊張で汗ダクになってしまった警備兵達が、汗を拭《ぬぐ》いながら莉奈に叫んでいた。

気配もなく現れる御方であるが故に、実際に現れたのかと思ってしまった。

ピリッとどころではなく、異様な緊張感と緊迫感で息が詰まったのであった。

「でも、ちょっとヒリついたでしょう？」

皆の心情をよそに、あっけらかんと言う莉奈。

笑う莉奈を見て、皆はかいた汗が一気に冷えるのを感じ、今度は頬が引き攣り始めていた。

莉奈の存在は、フェリクス王と違った意味でヒリつく……と。

◇◇◇

「城壁の上も見晴らしがいいね」

山の天辺にある城だけあって、どこからも大抵見晴らしが良い。

良く見たら城壁の周り数十メートルは、魔物が身を隠すのを防ぐため木が生えていなかった。城を建設した当初にしっかり整地した様だ。

しかし、城壁は王城をほぼグルリと囲ってあるから、とにかく長い。

そこで昼夜問わず警備兵達が、魔物が入らない様に目を光らせている。

今は、フェリクス王がいるから暇そうだけど。戦う感覚を鈍らせないために、地方へ派遣される事も多々あるとか。

それだけでなく、暇潰《ひまつぶ》しに竜が相手をしてくれる事もあるらしい。

竜の広場は、時には兵の鍛練の場として使われているみたいだ。

「ところで、あのデロっとしてる生き物は何？」

城壁の近くに、一見水溜《みずたま》りみたいに見える透明な生き物がいた。

初めは水溜りかと莉奈は思ったのだが、土が湿ってないから水溜りではないのだろう。

「〝スライム〟だな」

ゲオルグ師団長が顎《あご》を撫《な》でながら教えてくれた。

そこにいるのは無色透明のブヨブヨとした魔物、スライムだった。

フェリクス王の威圧感でも恐慌しないのか、聖樹の力がまだ及んでいないのか、そもそもスライムには関係ないのか分からないが、スライムがいたのである。

「リナ？　何をニヤついているんだ？」

初めて見たスライムに思わず口を綻《ほころ》ばせていると、それに気付いた警備兵が眉根《まゆね》を寄せていた。

まさか、魔物を見て喜ぶとは思わなかったらしい。

「え？　面白いなと？」

「面白いか？」

ゲオルグ師団長達は首を傾げていた。

小さい頃、家に玩具《がんぐ》のスライムがあったが、それに似ている。

家にあったのは、確か緑色だった。莉奈が飽きて遊ばなくなると、父がパソコンのキーボードの埃《ほこり》取りに使っていた気がする。

結局、ゴミとか混ざって薄汚れて捨てたんだっけ。

「スライムっていえば、家の窓際にあったサボテンの鉢は、元スライム入れだったような」

莉奈の部屋の窓際に飾ってある小さなサボテン。

その鉢が、以前スライムの玩具が入っていたバケツだった気がする。

母がバケツは捨てないで、底に穴を開けてサボテンの鉢にしてくれた。それを今、玩具ではない魔物のスライムを見て思い出したのだ。

「は？　リナ、お前。スライムをバケツで飼ってたのかよ⁉」

「怖っ！」

莉奈はあまりの懐かしさに呟《つぶや》いていたらしく、皆が怪訝《けげん》な表情で聞いていた。

この世界でも、襲わないように培養したスライムを、ゴミ箱やトイレに入れている。

だから、普通なら莉奈もそのスライムを入れていたのかと、思ってもいいのだが……何故か皆は、培養スライムだと微塵《みじん》も考えなかった。

むしろ、魔物を飼っていたのだと、勝手に勘違いしていた。

莉奈の世界に魔物なんていないのにもかかわらず、である。

「え？　いやいやいや、スライムなんか飼ってないから。玩具だよ玩具」

「はぁ⁉」

「お、お前、スライムを玩具代わりにしてたのかよ⁉」

「うっわ、スライムを玩具にする子供怖っ‼」

「……」

なんで、スライムを玩具にしていた子供だと思われるかな？

莉奈は困惑の表情を浮かべていた。

「違うってば。スライムが玩具じゃなくて、玩具のスライムなんだよ!!」

説明したところで、玩具のスライムの存在など知らない皆は、さらに驚愕《きょうがく》の表情を浮かべる。

「玩具の」

「スライム」

「魔物は玩具」

「最恐の子供だ」

玩具〝の〟だと言ったにもかかわらず、莉奈がスライムを玩具にしていたとすり替わっていた。

莉奈はこの時、自分のいた世界にはスライムに〝似せた玩具〟があると、説明すれば良かったのだ。それに、後で気付いたのだが……読んで字の如く後の祭りだった。

人の噂は、こうやって歪曲《わいきょく》されて広まるのだろう。

莉奈は人って怖いなと、感じた今日この頃だった。

◇◇◇

「アレ、近くで見たいんだけど危ない?」

莉奈は遠目でしか見られないスライムを指差した。

スライムはゲームではもれなく雑魚キャラだけど、ここは現実世界だ。舐《な》め腐って怪我でもしたら、皆に迷惑を掛けるだけである。

「危なくはないけど」

「魔物だから油断は禁物……まぁアレは色ナシだから、子供でも倒せるよ」

誰にともなく訊《き》いたら、近くの警備兵たちが詳しく教えてくれた。

「色ナシ?」

「あぁ、スライムは色んな種類がいるんだよ。例えば赤は溶解液を吐き出して攻撃してくるし、青は凍結液」

「黄色は酸。紫は毒だったっけか」

「色ナシはさほど害はない。体液を飛ばすか、顔に纏《まと》わり付いて窒息させに来るぐらいだな」

「あ、だけど、アレの体液はものすっげぇ臭ぇ」

洗っても中々悪臭が落ちないのだと、皆は笑っていた。

郊外育ちの男なら小さい頃に一度は引っかけられた事がある様である。

「ふぅん」

見た目はプルプルして可愛いが、やはり魔物。引《ひ》き剥《は》がせなければ窒息させられる事もあるのか。

莉奈は必要あるか分からない知識を一つ手に入れた。

「戦いたいなら王城の外に出してやろうか?」

「なんで戦う方向なんだよ」

興味深げにスライムを見ていれば、ゲオルグ師団長が提案してきた。

莉奈は思わずタメ口になってしまった。どうして戦う話になるのか、問いただしたかった。

「「「だってお前〝竜騎士〟じゃん」」」

「違う‼」

碧空《へきくう》の君という番《つがい》を持った事で、莉奈の竜騎士団入団はすでに確定されていた様だった。

だが、そんな地位《もの》になった覚えのない莉奈は断固拒否する。

それではまるで、馬に乗れるからといって騎馬隊に入隊するのと同じではないか。

「私はか弱き乙女なんだよ」

と少し怒って見せれば、皆は呆《あき》れた様子でこう返してきた。

「「「世間のか弱き乙女に謝れ‼」」」

どう転んでも、莉奈はか弱き乙女だと認定してくれないみたいである。

「まぁ、とにかくスライムくらいなら問題ないだろう」

ゲオルグ師団長は自分達もいるしと、門扉から外に出る事を許可してくれた。

但し、走り回らない様にとの注意付きで。

子供ではないのだから、走り回らないと返したのは言うまでもない。

◇◇◇

「なんか、プルプルしてるね」

透明のスライムは〝色ナシ〟と呼び、あまり害がないので進んで駆除はしないとか。個数が目立つようなら間引き程度に、との話だった。

その色ナシが、莉奈の数メートル先でプルプルしている。

無色透明といっても、クラゲより少し透明度が高い程度だ。

透けているので、身体の中も良く見える。身体の真ん中くらいに核と呼ばれる赤い部分があり、そこから腸みたいな器官に繋《つな》がっていた。

「そういえば、ブルースライムは氷を作らせる道具として、使われてるんだよな」

「え？　そうなのか？」

「この、王都育ちのボンボンが。金がある奴らは魔石を使った冷蔵庫を使ってるだろう？　だけど、一般市民はそんなのは高くて使えないから、ブルースライムに作らせた氷を、氷屋から買って保冷庫に入れとくんだよ」

「「そうそう」」

と会話する警備兵の仲間たち。若干数名「へぇ」と感心する者がいた。

実家が金持ちでなければ、魔石を使用する冷蔵庫は持っていない。魔石が高額な上に、魔力が空になれば、再び魔力を入れて貰《もら》う必要があるからだ。

それも、また高いお金を支払ってである。

一般市民には、まず無理であった。

莉奈は、王城で生活させてもらっているから、詳しくは知らなかったが、ブルースライムは上手く使えば、氷製造機として重宝するみたいだ。

その氷を売って商売する氷屋が、街や村にはあるらしい。

「あのスライムは何か役に立たないの？」

せっかく存在しているのだし、ブルースライム同様に何かに使えないのかと莉奈は皆に訊いた。

「役に立たないんじゃないか？」

「いや、待てよ。トイレのスライムって色ナシの培養じゃなかったか？」

「あ、そうだよ、そう‼　ゴミ箱のスライムも色ナシのだ！」

一番害のない色ナシのスライムを培養して、トイレやゴミ箱に使用していたみたいである。

王宮やお金のある家は、浄化魔法付きトイレだけど。

しかし、色ナシスライムのことは本当に怖くないのか、スライムという魔物がいるのにもかかわらず、皆は全然気にしていなかった。

「それでは、皆様……色ナシスライムちゃんに合掌」

莉奈は色ナシのスライムに向かって、手を合わせた。

だって、あの魔物のおかげでトイレが清潔なのだし、ゴミが少なく済むのだ。スライムさまさまではなかろうか。

莉奈がそう言えば、皆もスライムに向かって手を合わせていた。

「「「ありがとうございます」」」

「「「ってなんでだよ！」」」

ノリツッコミをしている警備兵達。

皆、楽しい人達だなと、莉奈は笑っていた。

◇◇◇

「なんか、ポヨンポヨンしていて可愛いよね？」

色ナシスライムは、人がいても怖がらず逃げずにそこにいた。

スライムがどういう心境か分からないが、莉奈がゆっくり近づいてもポヨンと跳ねている。

地面は硬いのに、こんなに跳ね上がるなんてスゴい筋力だ。

スライムに筋肉があるか謎だけど。

「油断してると危ないぞ？」

莉奈の数歩後ろには、ゲオルグ師団長達がいつでも莉奈を守れる様に控えている。

だが、一番は魔物に近付かない事だ。

「ほら‼」

莉奈がもう少し近くで見ようと、一歩踏み出した途端に、スライムが莉奈の顔を目掛けて飛んで来たのだ。

ゲオルグ師団長が莉奈の前に出ようとした瞬間――。


――バシン‼


「危なっ‼」

莉奈は考える間もなく、顔に飛んで来たスライムに、上段回し蹴《げ》りをかましていた。

サッカーボールでも蹴るかのごとく、無防備に蹴られたスライムは、数メートル離れた城壁にベシャリと打ちつけられ、すぐにズルリと力なく地に落ちていた。

いきなり始まった〝莉奈VSスライム〟は、戦うまでもなく即時終了となったのだった。

「いやぁ、ビックリした」

まさか、飛んで来るなんて思わなかった莉奈は、安堵《あんど》のため息を一つ吐《つ》く。

ああやって、顔に飛び付いて窒息させるのだろう。

莉奈は、咄嗟《とっさ》に身体が動いて良かったと、掻《か》いてもいない汗を拭《ぬぐ》っていた。

「「「……」」」

ビックリしたのは莉奈だけではない。

助けようと構えていたゲオルグ師団長達は、莉奈の瞬発力と蹴りの破壊力に唖然《あぜん》となっていた。

言動は淑女ではないにしても、見た目だけなら莉奈は守られるべき一般人。なのだが、竜が一目置く少女なのを忘れていた。

彼女は、無抵抗とはいえあの真珠姫を倒した、強者だったという事を。

ゲオルグ師団長達は、城壁近くで潰《つぶ》れたスライムを見て、改めて莉奈が只者《ただもの》ではないと認識させられたのだった。

「おっ？　まだいた」

木の陰に潜んでいた色ナシスライムを見つけると、莉奈は怖がりもせず追撃に備え、軽い仕草で構えていた。

その姿勢に皆は再び唖然である。それは、初めて魔物を見た少女の姿ではないからだ。

たとえどんなに訓練を重ねた者であっても、魔物との初めての対戦は一瞬躊躇《ためら》いがあるものだ。

なのに、莉奈は違った。驚きながらも、冷静に対処し倒していた。

——オカシイ。

莉奈は知らないが、警備兵達はフェリクス王から〝出来る範囲内で莉奈を守れ〟と勅命を受けている。

だが莉奈は、弱いとはいえ一応魔物であるスライムを、〝武器なし〟で一撃で倒したのだ。

その姿に皆は引き攣る様な笑みを浮かべ、自然と顔を見合わせ「アレ？」と密かに首を傾げていた。

『陛下。我々に一体何から、彼女を守れというのでしょうか？』と。


「さすがはリナだ」

私が見込んだだけの事はあると、唖然としたところから復帰したゲオルグ師団長は高らかに笑っていた。

女性で初めて竜に認められた人物であり、初の竜騎士が莉奈である。

ゲオルグ師団長は、想像以上の莉奈の戦いに大満足であった。

「「「……」」」

ゲオルグ師団長の笑いに驚いたのか、莉奈を見て戦意喪失したのか、スライムだけでなく、辺りにいたであろう魔物の気配が一斉になくなるのを警備兵達は感じていた。

木の陰にいた他の色ナシスライム達も、城壁に叩《たた》きつけられた仲間だったモノに心なしか唖然としていたようだったが、仲間を一撃で倒した莉奈がこちらを見ているのに気付き、今は身をゾワリ

と震わせているようにも見える。

莉奈にロックオンされたと勘違いしたスライム達は、示し合わせたかの様に一斉に逃走したのである。

そして、魔物の気配は莉奈の周りからなくなったのだった。

「あれ？　スライムがどっかに行っちゃった」

原因が自分にあると微塵《みじん》も思わないのか、莉奈は首を傾げている。

鍛錬を積んだ兵士や戦士ならともかく、莉奈を見て逃げたのであれば、魔物は莉奈の恐ろしさに、本能で気付いているという事だ。

「どっかに行ったんじゃなくて……」

「「逃げたんだよ」」

何故かスライムの心情が手に取るように分かった警備兵達は、果敢に莉奈に立ち向かい潰されたスライムに、憐みの目を向けるのであった。

◇◇◇

「なんか、クラゲみたいだね？」

城壁の側《そば》で、莉奈に倒された色ナシスライムが、平たくなっていた。

生きている時は張りがあり、ポヨンとしていたが、死んでしまうと平べったくなる様だ。

その辺に落ちていた木の棒で突っつくと、表皮が固くて触手のないクラゲみたいに見える。

「確かにクラゲみたいだな」

言われてみればクラゲに見えるなと、ゲオルグ師団長が顎《あご》を撫《な》でていた。


【スライム】

地面のある所であれば、どこにでも生息している無色透明のスライム。

雑食で草花から、魔物の死骸《しがい》や人まで食べる魔物。

顔に目がけて臭い体液を吐いたり、飛んで来たりして窒息させる。

〈用途〉

核を取り出せば、特殊な液体で培養が可能。

その培養スライムに攻撃性はなく、何かを食べさせる事が出来る。

核や消化器官を取り除いたスライムは、温めたり冷やす事で保温剤や保冷剤として使用可能。但し、何回か繰り返すと腐る。

薄くスライスして、一度乾燥させたスライムを化粧水やローションで戻すと、美容パックになる。

〈その他〉

核や消化器官は食べられないが、表皮を取り除いた身は食用可。

だが、無味無臭で食感がイカに似ている。


「……味のしないイカ」

興味本位で【鑑定】を掛けて視たら、まさかの食用であった。

体液は臭いといっても、体は無味無臭なら、美味しくも不味くもないのだろう。

微妙な表記に、莉奈は思わずガッカリしてしまった。

そのとき、呆《あき》れた声が聞こえた。

「スライムなんか鑑定してんじゃねぇよ」

「色ナシじゃなくて、味ナシか」

「人の話を聞けや。お前、スライムまで食う方向に考えるのはヤメろ」

莉奈がアレ？　と振り返れば、エギエディルス皇子がそこにいた。莉奈がまた何かするといけないので、監視も含めて再び探しに来たのである。

来たら来たでスライムを蹴り倒しているし、スライムに鑑定を掛けているしで、エギエディルス皇子は何からツッコんでいいのか分からなかった。


【表皮を取り除いた身】

水で良く洗い、一度乾燥させてから水で戻すと弾力を楽しめる。

別名〝色ナシ〟と呼ばれる。

砂糖水で戻すと、より美味しい。

とある世界のナタデココに食感が似ている。


「ナタデココ」

エギエディルス皇子の話を無視し、さらに【検索】を掛けて視た莉奈は目を見張った。

確かに、ナタデココはイカの食感に似ている。

無味無臭なら、砂糖水で戻せばデザートとして楽しめるのも頷《うなず》ける。処理が気持ち悪そうだが、アリといえばアリかもしれない。

「は？　ナタデ……？　とにかく、何でもかんでも食べる方向に考えるのはヤメろ。スライムなんか誰も食わねぇから」

「エド、とりあえず解体してよ」

「お前っ……だから話を聞け！　とりあえず解体しろってなんだよ」

「解体」

「……」

「分解」

「……」

莉奈がそんな事を言うものだから、エギエディルス皇子は頬を引き攣らせながら、器用に笑っていた。

解体しろなんて、絶対に碌《ろく》な事を考えていないと、察したのだ。

「リナ。一応、何故と訊《き》いても？」

同じく頬を引き攣らせていた警備兵が、黙るエギエディルス皇子の代わりに訊く。

なんだか、食べる方向に考えている様な気がするが、まさかなと皆は思っていたのだ。

「砂糖漬けにすると、アラ不思議。スライムが簡単デザートに？」

「「「……」」」

ナタデココに食感が似ているなら、砂糖シロップに漬ければ、ナタデココ風のデザートになるのでは？　と莉奈は考える。

莉奈がニコリと伝えれば、皆はやっぱりと思うと同時に、驚愕《きょうがく》と困惑の表情が入り混じっていた。

「バカじゃねぇの？　あんなモノまで食おうとすんじゃねぇよ。気持ち悪ぃ」

エギエディルス皇子の頬は、引き攣りまくりだった。

先程までポヨポヨとしていたスライムを、【鑑定】で食用可だったからと、食おうとしているのだ。

あのスライムをである。

エギエディルス皇子の眉根《まゆね》には、お爺《じい》ちゃん顔負けのシワが寄っていた。

「廃棄しとけ」

拾いに行こうとした莉奈の袖《そで》を、エギエディルス皇子は慌てて引っ張り、ゲオルグ師団長達に処分する様に言った。

「えぇ〜っ!?　なんで〜」

「なんでじゃねぇつーの！」

「アレ、保冷剤にもなるのに〜‼」

莉奈が嘆くようにそう言えば、エギエディルス皇子の手がピタリと止まった。

た。


「なんだって？」

「保温剤とか保冷剤」

スライムの身体は、温冷にかかわらず熱を溜《た》めておけるのだろう。寒い日にはカイロ代わりに、暑い日には冷却シート代わりになると、【鑑定】にも記載されていた。

「……よく分からねぇけど、温石《おんじゃく》みたいなモノか？」

「おんじゃくって何？」

可愛く小首を傾げたエギエディルス皇子がそう言えば、今度は莉奈が首を傾げる番だった。温石が何か分からない。

「あ〜、えっと懐炉《カイロ》って言えば分かるか？」

「カイロ。うん、それ」

エギエディルス皇子が他の言い方を教えてくれたので、莉奈も温石の意味が分かった。

日本でも、東や西で同じ物でも言い方が違うことがある。それは、こちらの世界も同じみたいだ。

「あ、ちなみにソレを冷やすと保冷剤になるみたいだから、熱とか出た時に冷やしてオデコにのせるといいんじゃない？」

熱を冷ますシートがない世界だけど、その代わりになるのは便利だ。

氷だと冷た過ぎるし、寝返りを打つと落ちたりズレたりするからね。

莉奈がそう説明すると、今度は皆の眉間《みけん》にシワが寄っていた。

「マジかよ」

「冷やしたスライムをオデコにのせんのかよ」

「「「気持ち悪っ‼」」」

想像でもしてみたのか、皆はブルっと身体を震わせていた。

ブヨブヨした物体《スライム》が、額にのるのがどうもイヤみたいだ。

「そうかな？」

莉奈は小首を傾げる。

魔物を食べている現在、魔物を額にのせるくらいの事は、なんでもない気がしたのだ。

だが、冷静に考えると、この世界にジェルシートやゼリー状の物をほとんど見かけない。だから、イカみたいな感触の物を額に貼ったりするのは、抵抗があるのかも。

でもコレ、美容パックにも出来ると表記されている。

となると……それを作れば、たとえスライムでも女子達は気持ち悪いとか言わずに、絶対顔に貼るだろう。美容マジックだ。

考えたくもないけど、竜も欲しがりそうな気がする。

どの世界も、女性の美に対する執念って恐ろしいよね。

「とりあえず、解体してよ」

莉奈は地面にデロンとしたままの色ナシのスライムを、魔法鞄《マジックバッグ》から取り出した鍋《なべ》の蓋《ふた》二つで挟んで、エギエディルス皇子に差し出した。

「お前……触れもしねぇスライムを食うつもりなのかよ」

素手で触れもしないくせに、解体し調理して食おうとしている莉奈が、エギエディルス皇子には信じられなかった。

「うん？」

「なんで疑問形なんだよ」

「解体して調理してから考える」

「……バカじゃねぇの？」

そこまでしてスライムを食べる意味が分からない。

エギエディルス皇子は呆れ果てていた。

「大体、素手で触れないのに、どうやって調理すんだよ」

「解体したら、たぶん触れる？」

「はぁ？　なんでだよ」

死骸《しがい》はイヤだけど、肉というか部位になれば平気だ。

スーパーで売られている鶏だって、食肉加工されているから平然と触れるのだと思う。

莉奈がそう説明したら、エギエディルス皇子は眉根を寄せたまま、地面を指差した。

「なら、そこにいるミミズも解体したら触れるんだな?」

「気持ち悪っ‼」

ウネウネと動いているミミズなんか、解体されたって触りたくもないし、絶対に食べたくない。

肉だと言われても、断固拒否する。莉奈は想像し、身震いしていた。

「スライムは平気で、ミミズはダメ……俺はお前の基準が分からねぇ」

エギエディルス皇子からしたら、スライムもミミズも同じ感覚の様である。

「んじゃ、ヤメとく?」

莉奈は渋々スライムを地面に置いた。

他にも色々食べられる物はあるのだから、別に無理して食べる必要はない。

莉奈がミミズを苦手なように、エギエディルス皇子もスライムが嫌なら廃棄でも構わない。

ナタデココはそこまで好きではないし、代用食になるスライムを無理して食べたい訳でもない。

「……食べるかどうかは別として、カイロになるんなら試作してみる価値はある」

少し考えたエギエディルス皇子は、莉奈の置いたスライムを素手で拾い上げ、魔法鞄《マジックバッグ》にしまっていた。

見た目は可愛いのに……エギエディルス皇子、そういうところはワイルドだよね？

それを見ていた莉奈は、フと思った。

「ん？　ひょっとして、培養スライムでも作れるんじゃないかな？」

ゴミ箱や庶民のトイレに使用するくらいだから、安心安全なハズ。

なら、わざわざ捕獲しなくても、作れるのでは？　と莉奈は考えた。

「う～ん？　試さないとなんとも言えねぇけど……」

「けど？」

「培養スライムは野生に比べて柔らかめだから……」

「だから？」

「……気持ちが悪い」

「……」

培養スライムを触った事がない莉奈は、その柔らかさの違いが分からない。だが、言われてみれば確かにゴミ箱のスライムは、さっき倒したスライムより柔らかい感じがする。

湿布的な感触ならまだしも、ネットリしたモノを額にのせるのは、さすがの莉奈でも抵抗感があるかもしれない。

これは勝手な想像だが、野生のスライムは運動するから筋肉質で、培養スライムは動き回らないから、プヨプヨなのでは？

スライムの身体は筋肉とは違うけど、外敵のない環境で培養されたスライムは、贅肉《ぜいにく》みたいに柔らかくなるのかもしれない。

そう考えていたら何故か複雑な気持ちになり、つい自分のお腹をさすってしまった莉奈なのであった。

◇◇◇

「あ」

そろそろ、城内に戻ろうとした時——。

数メートル離れた木の陰で、逃げ遅れたのか逃げなかったのか、小さく揺れているスライムをエギエディルス皇子が発見し、小さく声を上げた。

「黒だ」

エギエディルス皇子の声に気付いた莉奈も、その目線の方向を見た。

透けているから真っ黒とは言えないけど、黒色のスライムがそこにたゆんといた。

【スライム】

地面のある所であれば、どこにでも生息している黒色スライム。

ただ、他色のスライムと違い草花しか食べない魔物。

甘い液を吐いて寝かせたり、顔にめがけて飛んで来て窒息させる。

〈用途〉

色ナシの様に、培養は出来ない。

核や消化器官を取り除いたスライムは、温めたり冷やす事で保温剤や保冷剤として使用可能。但し、何回か繰り返すと腐る。

薄くスライスして、一度乾燥させたスライムを化粧水やローションで戻すと、美容パックになる。

〈その他〉

核や消化器官は食べられないが、表皮を取り除いた身は食用可

とっさに【鑑定】した莉奈は、やっぱり食べられるのかと苦笑いしていた。

しかし、色ナシがナタデココ風なら、黒色は？　と何となく気になり、さらに【検索】を掛けて詳しく視る。

【表皮を取り除いた身】

水で良く洗い、一度乾燥させてから水で戻すと弾力を楽しめる。

砂糖水で戻すと、独特の風味が出てより美味しい。

とある世界のタピオカに食感が似ている。


「タピオカだとーー⁉」

独特の風味だと表記されているのであれば、黒糖風味ではなかろうか。

莉奈は、勝手に想像してテンションが爆上がりしていた。

ナタデココにはさほど興味はないが、タピオカなら別だ。あの白玉に似たモチッとした食感。ミルクティーと一緒に食べると最高でしょう。

本来なら、原料であるキャッサバの根茎が必要である。だが、それが必要でないばかりか、面倒くさい工程を全て吹っ飛ばして食べられるなんて、まるで奇跡か夢のようだ。

サクッと黒色スライムを取っ捕まえて加工して、ミルクティーにたっぷり入れて食べたい。

「だから、鑑定してんじゃねぇよ」

瞳《ひとみ》をキラキラさせて喜ぶ莉奈の横で、エギエディルス皇子が半目で見ていた。

タピオカが何か知らないが、絶対にまた【鑑定】した事だけは分かったのだ。エギエディルス皇子は呆《あき》れ過ぎて、笑いも出なかった。

「エド、生きる黒糖タピオカだよ、アレ‼」

莉奈は黒色のスライムを指差し、興奮していた。

莉奈以外には、ただのスライム。莉奈のテンションとはまったく真逆の反応を見せている。

そんな皆をよそに、莉奈には、黒スライムが黒糖タピオカにしか見えなくなっていた。

「は？」

「タピオカはミルクたっぷりの紅茶に入れて飲むと、モチモチしてすっごく美味しいんだよ⁉」

「んなの、知らねぇし」

「タピオカを知らないなんて、人生損してるよ⁉」

「だから、お前はさっきから何を言ってんだよ。アレは〝スライム〟だろうが‼」

「違う！　生きる黒糖タピオカ‼」

誰が何と言おうと、もはや莉奈の目には動く黒糖タピオカの塊にしか見えない。

色ナシのスライムも、蹴《け》りで倒せたのだから何とかなるだろうと、莉奈は黒スライムに突進していた。

エギエディルス皇子達が背後で何か言っていたが、莉奈の耳には何も入らなかった。

「〝か弱き乙女〟はどうした⁉」

「リナ～、か弱き乙女はスライムなんか追い回さねぇぞ～？」

「スライムを食うために追い回す女、俺初めて見た」

「だけど、黒色なんて珍しくないか？　スライムの新種かな」

「色はともかく、スライムなんか美味しいのかね～？」

「リナが美味しいって言ってんなら、案外マジで美味しいのかもな」

「「「食べるかは別として」」」

スライムごときに莉奈がやられる訳がないと、妙な確証を感じている皆は、スライムより他の魔物や動物を警戒しながら莉奈を見守っていた。

たとえ熊と遭遇しても、莉奈を助けるか観戦するか悩みそうだ。

むしろ、見てみたいと思うのは不謹慎だろうか？


——十数分後。

「タピオカ倒して来たよ～？」

皆が他の事に気を取られている中、莉奈はスライムを追い回しまくり、蹴り倒して来たのであった。

スライムは想像以上に俊敏で、追い回す莉奈にもさすがに疲れが見えていた。しかし、時間と体力勝負になりかけた時、それは急に終わりを告げたのだ。

なんと、途中からスライムが三匹に増えたのである。

逃げ回っていたスライムは、仲間が助けに来た事で形勢逆転だと思ったのか、莉奈と戦う姿勢に変えたのだ。

だが、そうなれば、莉奈の思う壺《つぼ》である。

一匹が三匹に増えたところで、食欲の権化である莉奈の敵ではない。

右から来ようと左から来ようと、スライム以上に俊敏でキレッキレの足技が炸裂《さくれつ》しまくり、アレよアレよと倒されたのである。

子供でも倒せるスライムなど、闘神の莉奈の前では赤子の手を捻《ひね》るかの如くであった。

「……何に入れて来てんだよ」

「寸胴鍋《ずんどうなべ》」

簡単にスライムを倒して来た事にも驚きだが、その倒したスライムを寸胴鍋に入れて来た莉奈に、エギエディルス皇子達は思わず頬が引き攣った。

「鍋《なべ》って、そういう使い方しねぇだろ」

「手頃な入れ物がコレしかなかったんだもん」

「しかも、一匹じゃねぇし」

莉奈の持って来た寸胴鍋を覗《のぞ》いて見れば、どう見ても数匹重なって入っている。

エギエディルス皇子は、さらに頬が引き攣っていた。

「軍部に持って行ったら、解体してくれるかな？」

「……」

「黒糖～タピオカ～」

皆が苦笑いしている中、莉奈は鼻歌交じりに、黒スライム入り寸胴鍋を魔法鞄《マジックバッグ》にしまった。

「ミミズはいいのかよ？」

エギエディルス皇子が地面に蠢《うごめ》くミミズを、指差した。

「いらん‼」

「……」

スライムは嬉々《きき》として追い回しておいて、ミミズには身震いして見せる莉奈に、エギエディルス皇子はもう何か言うのをヤメるのだった。

第2章　お前はそれでいい

と、いう事で。

莉奈《りな》はスライムを解体してもらうため、ゲオルグ師団長と白竜宮《はくりゅうきゅう》に来ていた。

ただ、その時に仕事に戻るゲオルグ師団長に「ここでは暴れるなよ？」と、失礼な言葉を貰《もら》ったのは大いに不服である。

「え？　スライムなんか、解体すんのか？」

眉根《まゆね》を寄せられたものの、軍部の人は黒スライムを解体してくれた。

解体されれば、スライムもさほど気持ち悪くない。

莉奈は黒スライムを良く洗うと、包丁を魔法鞄《マジックバッグ》から取り出し、表皮を薄く削ぎ落とした。

それから、調理しやすい様にと適当な大きさに切り落としてみれば、感触も見た目もコンニャクみたいである。

初めは、スライムを素手で触るのは少し抵抗があったが、こうなると全然触れるから不思議だ。

「一応、訊《き》くけど。どうすんだ？」

莉奈といえば料理なので、まさかと思いつつ、軍部の人が恐る恐る訊いた。

「え？　食べてみようかな～なんて？」

「「「……」」」

莉奈が小首を傾げて答えれば、皆は絶句してしまった。

ロックバードやブラッドバッファローは、魔物は魔物でも鳥や牛が進化したものだと言われている。なので、瘴気にあたっている以外に特別気になる事はなかった。

だが、スライムは違う。元からいようが何から進化しようが、アレは獣系ではない。

なので、虫と同様食べるのに抵抗しかなかった。

「タピオカっぽくして食べるなら、小さく切ってから乾燥させた方がいいのかな？」

「「「……」」」

「その方が乾きも早いよね？」

「「「……」」」

莉奈の言っている言葉に誰も返答しないから、もはや独り言である。

莉奈の言う〝タピオカ〟が何か分からないが、皆に言わせればそれはどう見てもスライムである。だから、何をどうしようが、口にするには抵抗感があるのだ。だが、莉奈にはそれはないのか、皆が怪訝《けげん》な顔をしているにもかかわらず、サクサクと作業していた。

バットに乾いた布巾《ふきん》を敷いて、そこにサイコロ状に切った黒スライムを並べていく。皆にはスライムだが、莉奈には黒スライムは黒糖入り寒天みたいに見えてきた。

「〝みつ豆〟みたいに食べるのもアリかも」

甘いシロップにフルーツと砂糖で煮た豆、それとこの黒スライムを入れれば、みつ豆風になるのではなかろうか。

「みつ豆って何だ？」

「アレ？　エド、まだいたんだ」

「いたよ！」

白竜宮に来る途中に別れたと思ったが、それは莉奈の思い違いらしかった。

エギエディルス皇子はそんな莉奈を見て、どれだけスライムに夢中なんだよと呆れていた。

「で？　みつ豆って何だよ？」

莉奈の言動が失礼なのはいつもの事なので、スライム同様どうでもいいが、みつ豆は気になるエギエディルス皇子。

「う～んと、テングサとかオゴノリ？　っていう海藻類から作る寒天と、果物と豆をシロップで食べるスイーツ」

「スイーツ!!」

「まぁ、寒天がないから〝スライム〟で代用するしかないけど」

「……」

代用食がスライムだと聞いた途端、エギエディルス皇子の眉間《みけん》にシワが寄った。

代用するしかないのだったら、そんなスイーツはいらない。

「他に代用出来ないのかよ？」

「寒天の代用は……スライムしかないね～」

寒天は半透明だから、ゼリーが作れれば代用出来るだろう。だが、ゼラチンがない。なので、現時点ではスライムで代用するしかない。

莉奈がそう言えば、エギエディルス皇子の眉間のシワが、さらに深くなっていた。

「俺は食わねぇからな」

莉奈の並べる黒スライムを見て、エギエディルス皇子は拒否するように口を手で押さえる。

「加工しちゃえば、スライムだなんて分からないいんじゃない？」

タピオカミルクティーならぬ、スライムミルクティーは、今工程を見てしまったから分かるだろうけど……何かに混ぜて跡形もなくなったら、絶対に分からないに違いない。

「お前、俺に勝手に食わせたら、不敬、暴行、傷害罪で極刑だからな？」

そんなに嫌ですか、エギエディルス皇子さんや。

罪に問うと言うエギエディルス皇子に、莉奈は苦笑いするのであった。

◇◇◇

「で、お前はなんで、黒以外のスライムも獲って来たんだよ」

寸胴鍋の底には、黒色より一回り小さな白スライムが。

黒色だけかと思ったら、莉奈は白色のスライムまで獲って来ていたのだ。

「ん？」

「んじゃねぇよ。白まで食うのかよ！」

実は莉奈、黒色の陰に隠れていた白色のスライムも、倒して来たのである。

いくら莉奈が鑑定持ちとはいえ、何でもかんでも食すとなると、エギエディルス皇子は色々と心配である。

他にも色々食べられるモノがあるのだから、わざわざスライムを食べる意味がエギエディルス皇子には理解出来なかった。

「コレ、〝ゼラチン〟の代わりになるんだって」

「は？」

「ゼラチン」

莉奈の言う〝ゼラチン〟が何か分からないエギエディルス皇子は、怪訝な顔をしていた。

黒色のスライムを追いかけたら、白色もいたので【鑑定】しておいたのだ。


【スライム】

地面のある所であれば、どこにでも生息している白色スライム。

他色のスライムと違い木の実や果物を好む魔物。

木の上にいる事が多く、下を通る者の顔めがけて飛んで来て窒息させる。

〈用途〉

色ナシの様に、培養は出来ない。

核や消化器官を取り除いたスライムは、温めたり冷やす事で保温剤や保冷剤として使用可能。但し、何回か繰り返すと腐る。

薄くスライスして、一度乾燥させたスライムを化粧水やローションで戻すと、美容パックになる。

〈その他〉

核や消化器官は食べられないが、表皮を取り除いた身は食用可。


色ナシがナタデココ風で、黒色はタピオカ風。ならば、白色はと気になり、さらに【検索】を掛けて視ていたのである。

【表皮を取り除いた身】

水で良く洗い、一度乾燥させてから水で戻すと弾力を楽しめる。

砂糖水で戻すと、モチモチしてより美味しい。

とある世界の白玉に食感が似ている。

乾燥させた身を粉末状にすると、ゼラチンや寒天の代用になる。


「寒天の代用にもなるみたいだから、こっちでもみつ豆が作れるよ？」

肉や魚料理の後に、フライパンや鍋《なべ》の底に残った煮汁が冷えて固まるのは、このゼラチンの主な原料となるコラーゲンのおかげである。

テングサから作るのは大変だし、ゼラチンは自分では絶対に作れないから、代用品があるのは便利だよね。

ゼラチンはコラーゲンから作る動物性。

寒天やアガーは海藻から作る植物性。

スライムは……動物、いや魔物性？

「いいか、リナ」

「うん？」

「勝手に食べさせたら――」

「はいはい。極刑なんですね。ゴンザレス殿下」

さらに、念を押された。エギエディルス皇子はどうしても口にしたくないらしい。

食べられるモノを食べさせる事が、暴行罪や傷害罪になるかはともかくとして、エギエディルス皇子に対するそんな軽口は本来なら「〝不敬罪〟なんだぞ？」という皆の視線があったのは言うまでもなかった。

とりあえず莉奈は、白スライムも解体して貰《もら》い、そちらは棒状にしてバットにのせておいた。

粉末状にするなら削り易い棒状の方がいいし、砂糖水で戻すにしても調理しやすいだろうと考え

たのである。

「赤とか青も食べられるのかな？」

全色のスライムを入れれば、カラフルで可愛いデザートになるかもしれない。

そう呟《つぶや》けば、隣で聞いていたエギエディルス皇子が頬を引き攣らせていた。

◇◇◇

――しばらくして。

莉奈は、このまま白竜宮でやる事があると言うエギエディルス皇子と別れ、スライムを干すため銀海宮《ぎんかいきゅう》に戻って来た。

その真ん中にある広い中庭では、巨大な聖樹がそびえ立ち、人々を唖然《あぜん》、騒然とさせている。

皆が遠巻きで見ている横を、莉奈が何食わぬ顔で通り過ぎれば、気付いた何人かが何故か会釈をしてきた。

「貴女が〝聖女〟として崇められるようでは、世も末ですね」

何故、会釈なんてされたのだろうと、疑問に思いながら光り輝く聖樹の近くに来てみれば、執事長イベールが音もなく現れた。

調査しに来たのか、ただの見学か分からないが、気付いたら背後にいるなんて恐ろしい。莉奈は一瞬、悲鳴を上げるところであった。

「はい？　聖女？」

「魔物を寄せ付けぬかもしれない〝聖樹〟を、貴女が創り上げた……と王城では光の速さで広まってますよ」

「いやいやいや、創ってないし」

枯れそうだったから、元気にしただけだと莉奈は手を振り主張する。

「その通りですよ。貴女は許可もなく変な水を作り、何が起きるかも分からないのに勝手に撒《ま》いた。ただの大バカ者で愚者」

「……愚者」

「……しかし、非常に不愉快ですが、世間はそう思わないのでしょう」

そう言って、イベールはものスゴく嫌そうにため息を吐《つ》いてみせた。

確かに、何が起きるか分からないのに勝手にやったのは良くなかっただろう。それを言われたら、莉奈はぐぅの音も出ない。

「ですので、〝聖女〟は聖女らしく、お淑やかにしていて下さい」

「……」

迷惑ですので、と冷たい視線を莉奈に投げると、イベールは静かに消えて行ったのであった。

聖樹を取り巻く者達を捌《は》けさせるついでに、莉奈に嫌味と苦言を呈しに来たらしい。

「聖女らしくって何だろうか？」

執事長イベールの言葉は、ただの揶揄《やゆ》で嫌味。大人しくしろという意味だけで、深い意味などないだろう。

だが、そもそもは自分も聖女召喚された身だ。莉奈はフと考える。聖女らしくとは？　と。

大体、聖女が清楚《せいそ》でお淑やかな女性だなんて、誰が言い始めたのだろう。

莉奈は中庭にある聖樹に歩み寄り見上げながら、考えてみた。

こちらの世界に喚ばれた直後、エギエディルス皇子達を地下牢《ちかろう》から出して問い詰めたときのことを思い出す。確か文献や古文書の記述では、聖女や勇者はみんな美形とされていた。

綺麗《きれい》でお淑やか、報酬や対価を求めず、魔物から皆を護り人々を癒す存在。聖女とは人々の希望や願望が、詰まりに詰まった都合の良い人物なのでは？　と思う。

聖女が不細工な訳がない。我儘《まま》な訳がない。ましてや、人の為に何かするのは当たり前で対価を求めるハズはないと。

だが、聖女は人で神ではないのだ。人々の笑顔が自分の誉れだから、後は何も求めないという人間なんかいる訳がない。

生きていく以上、衣食住は最低でも必要だ。それらを求めるのであれば、そこで既に無償ではないのではないか。


――と色々考えてみれば。

こちらに来てから、莉奈は皆に良くしてもらっている。

残念ながら聖女ではなかったが、この国の人々の安寧を心から願っているのは事実だ。

莉奈はさらに聖樹に近付いて、両手を重ね合わせて頭を下げた。

「この世界が平和になりますように」と、願いを込めて。

「ヤメろ。背筋がゾクッとする」

莉奈が高尚な願いをしていれば、背後から心底イヤそうな声が聞こえた。

振り返れば渋面顔で腕を摩る、フェリクス王がそこにいた。

「なっ、失礼なんですけど⁉」

この国、ひいてはこの世界の平和を願っていたのに、なんていう言い草だ。莉奈は思わず頬を膨らませた。

「お前はお前らしくしとけ、気持ち悪ぃ」

そう言って頭をクシャリと撫《な》でてくれるフェリクス王は、とても優しい。

優しいが、気持ち悪いは非常に余計である。莉奈は何故か釈然としない。

「大体、神がいるなら、お前が願う事はこの世界や国の平和じゃねぇ、ただ一つだろうが」

フェリクス王は莉奈の願いなどお見通しである。

神がいれば、莉奈の願う事はただ一つ。

『家族《じかん》を返して下さい』

きっと、神が一つ願いを叶《かな》えてくれると言ったなら、フェリクス王は莉奈にその権利さえ譲ってくれる気がした。

フェリクス王だけじゃない、シュゼル皇子もエギエディルス皇子も譲ってくれるだろう。

その優しさに莉奈は思わず目を逸らした。

「陛下は、私に甘過ぎると思います」

莉奈の頭を優しく撫でてくれるフェリクス王に、莉奈は思わず呟いていた。日々の疑問や葛藤《かっとう》が、フェリクス王の優しさで、ポロッと口から溢《あふ》れてしまったのだ。

末弟が召喚したという事実を差し引いても、自由にさせてくれている。考えなしの莉奈でも、高待遇なのは理解していた。

いつ極刑になってもおかしくない言動や態度。なのに、フェリクス王達は親のように叱る事はあっても、決して罪には問わないし、罰も与えないのだ。

それにいつまでも甘えてはいけない。それは分かっていても、莉奈にはどうしようもないくらいに、出来なかった。

今まであった当たり前の日常が奪われる気がして、心が壊れそうなくらいに怖かった。

だが、王族に対してこのままで良いのかという葛藤がないかと言われたら、さすがの莉奈にもあった。

これからは、徐々にでも一線を引かなくてはいけないかも、と思っていたのだが、フェリクス王は莉奈の言葉に呆《あき》れた様子で笑っていた。

「アホ」

「え？」

「こんなのは甘いうちに入らねぇよ」

「……」

「俺は甘やかすなら、とことん甘やかす派だ」

そう揶揄《からか》われれば、今度は顔を上げられなくなっていた。

甘やかす対象が〝恋人〟だなんて言ってもいないのに、もしなったらと想像してしまったのだ。

そんな莉奈を見て、フェリクス王は小さく笑って話を続けた。

「まぁ、冗談はさておき。甘くしているつもりはねぇから安心しろ」

「……」

「もし、お前が自分の意思で、俺の臣下になるっていうなら話は別だが、お前は俺の家臣になりたい訳じゃねぇだろう？」

「……」

「なら、そうしとけ。俺もそのつもりはねぇ。弟が身勝手に喚んだ女を、元の世界に還せないなら家臣に？　そんな横暴で理不尽《アホ》な話があるか」

「……アホって」

王がいて、その国で暮らすのであれば、臣下になるのが普通ではないのか。フェリクス王の言う言葉は、そんな莉奈の常識を簡単に打ち砕いた。

今の自分が言う立場ではないが、王を敬い王に従うのは、この国にいるのであれば、たとえ異世界から来たとしても、当たり前なのではないのか。

他の国だったら、絶対に今の立ち位置はない。

聖女でないと分かった途端に放逐か、良くて侍女や使用人。下手したら極刑で、召喚した事実ごと消されていただろう。

それが出来るのが、王なのだから。


莉奈が押し黙っていたら、再び頭をクシャリと撫でられた。

「口さがないヤツは軽口を叩《たた》くお前に、これからも何か言ってくるだろう。だが、放っておけ。お前だけは、俺にこう言う権利があるんだからな。〝文句があるなら、元の世界に還せ〟ってな?」

そう言って悪そうな笑みを浮かべていた。

そんな事を言うのはきっとフェリクス王だけだ。

末弟の犯した罪を、自分の罪のように一緒に償い……護ってくれている。莉奈を還せないフェリクス王なりの、贖罪《しょくざい》なのかもしれない。

莉奈はフェリクス王の言葉に目を見開き、嬉《うれ》しくてついいつもの軽口が出る。

「……還せないのに?」

軽口は彼に甘えているのもあるが、フェリクス王にならいつ斬られてもいいと思っているから。

それは本心である。

だけど、絶対に斬らないと分かっていて、そんな事をするなんて我ながら卑怯《ひきょう》だと思う。

でも、王族と平民という線引きを今したら、寂しくて心が折れそうだ。

せめて心の拠り所が見つかるまで、今のままでいる事を許して欲しい。莉奈はそう願わずにはいられなかった。

そんな莉奈の心境など、きっとお見通しなのだろう。

「それでいい」

軽口で返した莉奈にフェリクス王はそう言って、さらに頭をクシャクシャと愉しそうに撫で回してくれたのだった。

◇◇◇

「で？」

「え？」

莉奈が、なんとなく恥ずかしくて聖樹を見ていたら、フェリクス王がこう言ったのだ。

で？　とは何だろうか。

「また、何かぶっかけに来たのか」

「違う‼」

聖樹に再び何かをかけようと来たのかと誤解されているので、莉奈は即刻否定した。

こんな風になってしまったのに、まさかこれ以上何かしようとは、さすがの莉奈でも考えない。

「なら、何しに来たんだよ？」

当然の疑問といえば、そうである。

この聖樹騒ぎの中、当事者がヒョッコリ現れたのだから。

「えっと？」

莉奈はスライムを干す場所を探しに、銀海宮に来たのだ。

日当たりの良い所はどこかなとキョロキョロしていたら、執事長イベールに出くわした。

運良く彼が、人集《だか》りを捌けさせてくれたので、焼き鳥を焼いたガゼボの近くにでも干そうかなと考えていたのである。

そこへ、フェリクス王が現れたのだった。

なんとなく、スライムを干しに来ましたとは言えず、考える様子を見せれば——。


——ガツン！

「痛ったぁい‼」

……何故だ。

まだ何もしていないし言ってもないのに、フェリクス王のチョップが頭に落ちて来た。頭がクラクラする。

オカシイ。先程までのフェリクス王の優しさは、いずこですか？

「嘘を吐《つ》こうとしてんじゃねぇよ」

莉奈が嘘を吐《つ》こうとしていた事など、簡単にバレていた。

だが、莉奈が何をしようとしていたかまでは分からないのだろう。

「で？」

痛さで頭を抱える莉奈の襟首を摘むと、フェリクス王は再び訊《き》いた。

こうなれば、莉奈も逃げられず渋々口を開く。

「えっと……ス、スライムを干しに？」

「あぁ？」

「だから、スライムを干しに……」

「……」

莉奈が正直に言えば、フェリクス王は一瞬目を見開き、すぐに怪訝《けげん》な顔に変わった。

フェリクス王の想定していた答えではなかったからだ。

莉奈の事だから突拍子もない理由だと、ある程度は想定していた。だが、フェリクス王の想定範囲を優《ゆう》に超えた返答だった。

スライムを干しに来たなんて、誰が想像する。

いつも斜め上の言動をするのが莉奈だ。なので、この言葉が本気か冗談かも分からない。

フェリクス王は、ここはツッコむところなのか笑うところなのか、唸《うな》るばかりであった。

眉間《みけん》を揉《も》んでいるフェリクス王はさて置き、莉奈はガゼボの近くにテクテクと向かっていた。

よく分からないが、解放してくれたのであれば、ラッキーである。

日当たりの良い場所に小さなテーブルを、魔法鞄《マジックバッグ》から取り出すと、その上に黒と白色のスライムを並べたステンレスバットを置いた。

ここは風通しも日当たりも良いし、半日くらいで乾きそうだ。

ついでにガゼボでひと息つこうかと、踵《きびす》を返した瞬間――。

「何を干しているのですか?」

フェリクス王とは違った美声が、莉奈の頭に降って来た。

王族ブラザーズ再びである。

「え?」

「何を干しているのですか?」

「えっと……黒糖……タピオカ?」

先程、フェリクス王に嘘を吐《つ》くなと言われたのに、莉奈の口から出たのは紛れもない嘘だった。

「〝スライム〟と表記されてますが?」

「……」

そうだった。

すっかり忘れていたが、シュゼル皇子も【鑑定】持ちだった。

【鑑定】するくらいなら、聞かなきゃいいのに、意地が悪い。

にこやかに返され、莉奈も無意味な笑顔で返してみた。

「ミルクティーに入れると美味しいみたいですよ？」

「……」

そう言ったら、シュゼル皇子は笑顔のまま固まった。

まさか食べるために干しているとは思わなかったらしい。

さっきまで眉間を揉んでいたフェリクス王が、さらに揉んでいた。

「食べるのかよ」

「え、だって美味しいみたいですよ？」

「イカれてやがる」

莉奈が考える様に言えば、フェリクス王は渋面顔になっていた。

その顔、エギエディルス皇子にソックリである。さすが兄弟だ。

「あ、イカれてるで思い出しました」

「はい？」

フェリクス王の言葉で何を思い出したのか、シュゼル皇子が内ポケットから何かを取り出し、莉奈に手渡してきたのだ。

ポーションが入っているみたいな綺麗《きれい》な瓶に、薄い青色の液体が入っている。


【エリクサー】

ありとあらゆる傷や病を治す魔法薬。

瀕死《ひんし》状態でも正常化させる。

聖樹の実から、特殊な方法で作られた物。

別名〝神々の妙薬〟。


「んん……エリクサー⁇　ええ⁉」

何故、渡されたのか分からず莉奈は眉根《まゆね》を寄せたが、すぐに【鑑定】して視て、その表記にすぐ驚愕《きょうがく》していた。

「リナは危険な生き方をしていますからね。一つ持っていた方がいいでしょう」

「〝危険な生き方〟」

イカれてるで思い出すなんて、酷すぎやしないだろうか？

莉奈はエリクサーの小瓶を手に、心中複雑であった。

「貴重な薬ですけど、頂いて宜しいんですか？」

エリクサーが必要な状況に陥りたくはないが、あれば安心感がある。

だが、超が付く程の貴重な薬を簡単に貰《もら》って良いのか。

「リナがこの木を聖樹にしなければ、作れなかった妙薬ですからね」

「……」

ほのほのとシュゼル皇子は言うけれど、莉奈的にはやはりなんだか複雑であった。

嫌味を言っているつもりはないのだろうが、僅《わず》かながらの罪悪感で胸がチクリと痛む。

「お詫《わ》びとお礼に明日、タピオカミルクティーをお持ち致しますね？」

甘い飲み物だから、シュゼル皇子には是非献上しなければ。

コレを乾燥させてシロップ漬けにしてからだから、明日にならないと作れないのだ。

「いりません」

「え？」

「いりません」

甘味好きのシュゼル皇子ならと思って言ったのに、何故かにこやかに拒否されてしまった。

莉奈は一瞬、ポカンとしてしまった。

まさか、甘味好きのシュゼル皇子に断られるとは。

「え、だって、甘い飲み物ですよ？」

「リナの言う〝タピオカ〟とはコレの事でしょう？」

テーブルの上で日干しにしている黒スライムを、シュゼル皇子は指差した。鑑定したのだから、莉奈の言わんとしている事が分かったのだろう。

だが、莉奈はチラッと見た後、否定も肯定もしない。

「モチモチして美味しいみたいですよ？」

「いりません」

「ミルクティーとタピオカは最強のコンビですよ？」

「これはスライムです」

「え？　甘い飲み物なんですよ？」

「結構です」

「え？　結構な量が欲しい？」

「違います。いりません」

美味しさをアピールして勧めてみたが、シュゼル皇子に完全に拒否されてしまった。

甘味好きのシュゼル皇子が、こんなに拒絶するなんて。

明日は槍《やり》が降るに違いない。

「あ……初めてだから、黒はイヤですよね。白にしますか？」

「色の問題ではありません」

色がダメなのかな？　と白スライムを勧めてみたが、やはりダメだった。笑顔のまま断られてしまった。

「え？　なら、何が問題なんですか？」

「スライムだという事です」

シュゼル皇子なら、絶対に興味があるだろうと思っていたのに、莉奈は衝撃だった。

莉奈が、唖然《あぜん》としていると、背後でクックッと笑う声がする。

振り返って見れば、莉奈とシュゼル皇子の奇妙な攻防が面白かった様で、フェリクス王が笑っていた。

「あ、お酒に漬ければ――」

「食わねぇよ」

お酒に漬ければとフェリクス王にも勧めてみれば、最後まで言うまでもなく断られた。

「えぇ～っ⁉」

フェリクス王にもシュゼル皇子にも拒否され、莉奈は衝撃の声を上げてしまった。

特に甘味好きのシュゼル皇子なら、絶対食べると思ったのに。

莉奈が衝撃を受けている側《そば》では……むしろ何故、スライムを食べると思ったのかと、フェリクス王とシュゼル皇子が苦笑いしていた。

フェリクス王とシュゼル皇子に完全拒否された莉奈は、フラフラと銀海宮の厨房《ちゅうぼう》に来た。

「作っても、誰も食べてくれないのかも」

中庭にスライムを放置して来たが、アレは自分しか食べないのかもしれないと、莉奈はボヤいていた。

シュゼル皇子に裏切られるとは思わなかった。

アイスクリーム皇子め。

「ゼリー、ババロア、ジュレ。スライムがあれば料理の幅が広がるのに」

莉奈のボヤきは止まらない。

「炙《あぶ》ったマシュマロを、ビスケットで挟んで食べたら美味しいのに〜!!」

マシュマロの材料にも、もれなくゼラチンが含まれている。ビスケットもないけど、焼きマシュマロの為に作ってもいい。

だけど、黙って作って出せば極刑とか言うし、エギエディルス皇子め。

「まぁ、一人で堪能すればいいか」

結果、開き直った莉奈だった。

第3章　ポム・スフレ

「お前、いつか何かやらかすとは思っていたけど……」

「「とうとう、盛大にやらかしたなぁ～」」

厨房に来たら、マテウス副料理長を筆頭に、しみじみと深々とそう言われた。

莉奈《りな》が〝聖女〟みたいだと、光の速さで広まっている。

執事長イベールがそう言っていたが、聖女はとにかくとして、莉奈が聖樹にした事は広まっている様だ。

しかし、やらかしたとは失礼だ。

「皆々様のご多幸をお祈りしたら、そうなりましたの」

口を手で隠しながら、オホホと莉奈は空々しく笑ってみせた。

実際は勝手に作った魔法薬を、何も考えずに撒《ま》いただけだけど。

「何がご多幸だよ」

「お前の事だから、枯れてる聖木を元気にさせようとして、違った方向に盛大にやらかしたんだろ？」

「どうせ枯死しちゃうんだし〜みたいなノリだよね?」

「しかも、絶対に陛下に相談なしだろう?」

「聖樹に進化したからイイものの」

「方向性が違ってたら――」

「「極刑レベルのやらかしだからな」」

莉奈の事が分かってきた皆は、ノープランで勝手に何かしたと確信していた。

一部の人達は、莉奈はまさしく聖女であると言っているらしいが、莉奈を良く知る料理人達は、聖女だとしても〝やらかしの聖女〟であると揶揄《やゆ》している。

良い方向に変化したからイイものの、莉奈の予期せぬ行動は皆冷や冷やものであった。

冗談抜きで莉奈が極刑にならなくて、心底ホッとしている皆だった。


そんな皆を莉奈は笑い飛ばすと、厨房の片隅で何やら書き込んでいるリック料理長の姿を見つけた。

「リックさん、毎日の様にココにいるけど、ちゃんと休んだ方がいいよ?」

今日もリック料理長は、厨房に立っているのだ。

週2で休みがあるハズなのに、彼はいつでもココにいる。

「リナ、何を言ってもダメなのよ、あの人。趣味も料理になってるから」

食堂の片付けをしていた、リック料理長の奥さんのラナ女官長が、呆《あき》れた様なため息を吐《つ》いていた。

今まで食べる事に興味のなかった皆が、莉奈のおかげで毎日楽しみにしてくれる様になったのだ。

それに触発される様に、料理人達も作る楽しさを知っていった。

特にリック料理長は莉奈が来てからというもの、負けてられないと日々料理漬けの毎日らしい。

莉奈を追い越す事は無理でも、王宮料理長の名に恥じない様に、寝る間も惜しんで精進しているとの話だった。

根が真面目だから、余計に打ち込んでいるみたいだ。

妻として、ラナ女官長は夫の身体が心配の様である。

さっき貰ったエリクサーの世話にならなければイイなと、莉奈はリック料理長を見て思った。

健康があっての、料理だよ？

なんて、奥さんが言ってもダメなのだから、莉奈が言ったところで慰めにもならない。だから、莉奈はあえて口にはしない事にした。

王宮料理長としての責務や重圧があるのだし、適当な言葉は却って嫌味にもなる。

「頑張り屋のリックさんの為に、何か作りますか」

料理人には料理で応えようではないか。

慰めるのはラナ女官長に任せて、莉奈は料理で楽しませてあげようと一肌脱ぐ事にした。

「なら、ジャガイモを使ってくれるとありがたい」

食料庫に向かう莉奈の背に、マテウス副料理長の声が掛かった。

「ジャガイモ？」

「発注数の桁《けた》を間違えた、バカ者がいるんだよ」

マテウス副料理長が盛大なため息を吐《つ》くと、厨房の隅でヘラッとしているリリアンがいた。

一斉にアイツなんだよと皆が見ても、反省する気ゼロ、悪気もないリリアンが笑っていた。

ここは魔法鞄《マジックバッグ》があるから腐りはしないが、だからといって大量にあってイイ訳ではないと、マテウス副料理長がボヤいていた。

「ジャガイモねぇ？」

莉奈の頭には、途端にレシピが浮かび広がっていた。

ポピュラーな食材だけに、レシピは膨大だ。だが、作り方が難しいのはなるべく避けたい。教えるにしても作るにしても、自分が面倒だからだ。

そもそも、今はスライムを使って何を作ろうか、まだそっちに意識があるのであった。

とりあえず、スライムの事は一旦《いったん》頭の片隅に置き、莉奈は簡単で美味しいジャガイモ料理に取り掛かる事にした。

「んじゃ、誰かそっちでジャガイモを蒸すか茹《ゆ》でといて」

「「分かった！」」

「そっちでジャガイモを茹でている間に、こっちでポテトチップスの進化バージョン〝ポム・スフレ〟でも作りますか」

「「「ポム・スフレ？」」」

莉奈が新しい料理名を口にすれば、料理人達が一気に活気づいた。

日本ではポムで浸透しているが、ポメ・スフレと呼ばれることもある。

「ポテトチップスを作る時に、たまに膨らんだりしない？」

「「「する！」」」

「それを作るの」

ザックリ説明すると、そのぷっくり膨らんだポテトチップスが〝ポム・スフレ〟である。

「なんだ、それなら簡単じゃん‼」

「ジャガイモを薄くスライスして、ただ揚げるだけだろう？」

「ポテトチップスと変わんないよね」

莉奈がザックリ説明すれば、皆は口々に簡単ではないかと笑っていた。

ポテトチップスは酒飲みの定番のツマミで、良く作っている。今更、名前が変わったところで、面白味も難しさもないと。

「んじゃ、作ってみなよ」

購入したポテチの袋の中に、たまに運良く入っているあの膨らんだポテトチップス。アレを意図的に作るのは、実はかなり難しい。

簡単簡単と笑う皆に、莉奈は内心ほくそ笑んでいた。

「俺達をバカにしてんな？　ポテトチップスが進化したって、所詮《しょせん》はポテトチップス」

「今の俺達にかかれば、簡単だとも」

「「「リナに俺達の成長を見せる時だ!!」」」

「「「おぉーーっ!!」」」

リック料理長とマテウス副料理長が呆れる中、他の料理人達はジャガイモを薄くスライスして、フライヤーに突撃させる。

手慣れたものよと、皆は鼻を高く伸ばして意気揚々と、ジャガイモを揚げ始めていた。

「リナが今更、そんな初歩的で簡単な料理を作らせる訳がない」

「ですよねぇ」

リック料理長とマテウス副料理長は、浅はかな部下達を苦笑いして見ていたのだった。

ポテトチップスは、ジャガイモを薄くスライスして洗って揚げるだけ。

そんな簡単な料理を、莉奈が教える訳がない。

――十数分後。

「出来たぞ？」

料理人達がそう言って差し出したのは、一部分が膨らんだポテトチップス数枚である。

あながち間違いではないけど、全然違うんだよ、コレは。

「端しか膨らんでませんけど？」

「……は、端しか膨らまなかった」

莉奈が苦笑いすれば、皆は目を逸らしていた。

あんなに豪語していたのに、結果出来たのは、端だけがなんとなく膨らんだ数枚だけだったからだ。

「だって、普通に揚げたらポテトチップスしか出来なかったの‼」

「膨らんだのは数枚で、それもたまたまだと気付いたんだよ」

「しかも、穴あきだし」

「チョットしか膨らまなかったし‼」

「リナの言ってた〝ポム・スフレ〟ってコレじゃないよな？」

「違うね」

ジャガイモを揚げれば、簡単に出来ると考えていた料理人達は、作り始めて愕然《がくぜん》としていた。

いつも通り普通に油で揚げれば、それはただのポテトチップスだ。

膨らみを意識して揚げた事など今までなかったのに、膨らむ訳がない。

「あ、素揚げじゃないのか？」

「素揚げだよ」

「え？　じゃあ、何か付けるのか？」

「付けないよ」

「そうか！　じゃあ温度だな⁉」

「うん。まぁ、半分正解」

「「半分」」

結局皆は、莉奈を質問責めにしてはみたが、正解に辿《たど》り着《つ》く事はなかった。

ジャガイモを揚げるだけだと、バカにした自分達がバカだったと、猛省する料理人達なのであった。

そんな料理人達を見ながら、莉奈は作業をしながら改めて工程を説明する。

「まず、ポテトチップスのジャガイモは薄くスライスするけど、ポム・スフレのジャガイモは、そこまで薄切りにはしないんだよ」

「「え？」」

「3ミリから、3・5ミリくらいの厚さにする」

「結構厚めだ」

「しかも、厚さは均等にしないと失敗しやすい」

莉奈が実際にジャガイモを切って見せれば、皆は驚いた表情をした。

厚みから違うなんて思わなかったし、厚さも均等だなんて難しいではないか。

「水に浸けるのは合ってるけど、このジャガイモはフライヤーじゃなくて、小鍋《なべ》で揚げるのがいいと思う」

「え？　そうなの⁉」

水に浸けた後、水を切りフキンでジャガイモの水分を取る。ここは、ポテトチップスと同じ工程である。

だが、そこからはまた違うのだと説明すれば、皆さらに驚いた表情をしていた。

「ポテトチップスは放っておいても揚がるけど、ポム・スフレは低温の油でジャガイモを大きく揺すりながら揚げるのがコツ」

フライヤーなら菜箸《さいばし》かお玉で、常に揺らして揚げれば多分大丈夫。

だが、フライヤーなんかで揚げた事がないから、莉奈には分からなかった。なので、小鍋に油を入れて低温で揚げる事にした。

その小鍋を、大きく揺すりながら揚げるのである。

「揺すりながら⁉」

「え、揚げてる小鍋を揺らすの？」

「なんで⁇」

そんな工程がある揚げ物は知らない。

大抵は衣が剥《は》がれ落ちるから、余計に触るなと言われる事が多いのだ。だから、疑問しかない皆は、莉奈に訊《き》いた。

「しらん」

「えぇっ⁉」

だが、返って来た言葉は相変わらずであった。

莉奈は、いちいち何故かなんて理由など知らない。

そうレシピ本に書いてあったから、そうしているだけだ。

「要するに、油を絶えず動かしている必要があるんだな？」

「うん。菜箸とかお玉で掻《か》き回《まわ》すのもアリ、だと思う」

「なら、いつも落ち着きのないリリアンにやらせると、上手くいくな」

リック料理長だけは、冷静に適役を考えている様だった。

パンを焼いている途中でも、オーブンを開けてしまうリリアン。

揚げ物を揚げていれば、菜箸やトングで弄り回すリリアン。

イジってヨシなら、もはやリリアンにうってつけの料理ではないか。

「で、油の温度が高くならないよう注意しながら、揚げること七分。ジャガイモの表面がプクプクしてきたら、バットに移す」

「移す？」

「え？　コレで出来上がりか？」

「これから自然に膨らむのか？」

莉奈が小鍋からジャガイモを取り出しバットに移せば、口々に疑問の声が聞こえてきた。

莉奈のやる事が、あまりにもポテトチップスの作り方と違い過ぎるからだ。

「違うよ。一旦バットに移すだけ。今度は油を１８０度くらいの高温にする」

「そうか、二度揚げだな」

「正解」

莉奈が小鍋の油の温度を上げているので、リック料理長はすぐに分かった様である。

「すぐに高温の油に移してもいいけど、家ではこうやってた」

他の料理同様に、レシピは豊富で本によって作り方が違うから、自分なりに上手くいった方法でやっているだけだ。

二度揚げする前に、軽く冷ました方がいいという本もあったが、冷まし過ぎると膨らまず上手くいかなかった。なんの料理でもそうだけど、実際に作ってみないと分からない。

レシピ通りにいかない事なんて、普通にあるしね。

「で、高温の油で二度揚げしてると……」

「あ、膨らみ始めた‼」

「ちなみにバットに上げた時、萎《しぼ》んじゃったらもう一度揚げ直せば膨らむよ」

「なんでジャガイモが膨らむの⁇」

「しらん」

知る訳がないので、莉奈はいつも通りにぶった切る。原理は良く分からないけど、こうするとスライスしたジャガイモが、何故か風船の様に丸く膨らむのである。

楽しいし面白いよね？

「ぷっくり膨らんだら〝ポム・スフレ〟の出来上がり」

後は、ケチャップがあればケチャップを付けるんだけど、ないので塩をかけて食べるだけだ。


「ん！　スゴいパリパリしてる‼」

「ポテトチップスより、食感が軽いわね」

「中が空洞だから、より軽く感じるのかも」

「「ポテトチップスと味はほとんど同じだけど、食感が楽しくて美味しい‼」」

揚げたてのポム・スフレは、食べ慣れた味なので好評である。

だって、こう言ったら身も蓋《ふた》もないけど、食感が面白くなっただけのポテトチップスだからね。

「膨らむなんて面白いな」

リック料理長がポム・スフレの空洞を見ながら、不思議そうにしていた。

揚げる発想はあっても、こんなに膨らむとは想像していなかったようだ。

「ちなみに、均等に膨らませるのは難しいよ？」

厚さが均等でないと、ムラが出来て膨らまなかったりする。

ただ揚げるだけだが、作るのが難しいポテトチップスなのである。

「厚みと、揺らすのがポイントか？」

「後は、油の温度と高温の油に移すタイミングかな？」

ジャガイモの表面がぷくぷくしてからでないと、高温に移した時にしっかりと膨らまない。そのぷくぷくは、油を揺らしたり掻き回したりする事で出来るのだろう。良く分からないけど。

「ジャガイモを揚げるだけなのに、色々あるんだな」

「こんなに膨らむなんて想像もしなかったですよね」

リック料理長とマテウス副料理長が、感心して大きく頷《うなず》いていた。

フライドポテト、ポテトチップス、そして、このポム・スフレ。

ジャガイモを切って揚げるだけ、工程はそれだけだが、全て食感が違う。ただ揚げるだけなのに、奥が深いなと感心する皆なのであった。

「で、リナは何をしているんだ？」

味見をしている皆をよそに、莉奈だけはいそいそとまた何か作り始めていた。

ジャガイモを薄くスライスしているし、卵白やらコーンスターチやらを用意していたのだ。リック料理長は、ワクワクするし気になって仕方がない。

「ついでだから、王族に出す様な豪華バージョンのポム・スフレでも作ろうかと」

「「「豪華バージョン」」」

莉奈がそう口にすれば、皆の手が止まった。

「いつも食べてるポテトチップスが庶民向けなら、今食べたポム・スフレはそれより贅沢《ぜいたく》な感じ。で、今から作ろうとしているのは、さらに面倒……じゃなかった、お上品な料理」

「「「お前、今、面倒くさいって言おうとしただろう⁉」」」

莉奈が言いかけた言葉を、料理人達は笑いながらしっかり拾ってくれた。

コレはポテトチップスみたいに素揚げではないから、少しだけ面倒くさいのだ。

「だって、ただ揚げれば出来上がり、じゃないんだもん」

莉奈は口を尖《とが》らせていた。

なら、作らなければいいのだが、そんな事は誰も言わない。新作を教えてもらえるのが楽しくて、嬉《うれ》しいからだ。

「さっき、皆が薄くスライスしてくれたジャガイモを偶数枚用意する」

「偶数枚？」

「そう、コレは2枚1組で作るポム・スフレ」

油を揺らしたり、違う温度で二度揚げしない代わりに、工程が少し面倒くさくなる。

エギエディルス皇子が可愛くなければ、こんな物を作ろうとは思わない。

「ジャガイモの水分を取った後、片方には卵白を塗り、もう片方にはコーンスターチを付ける」

「片方ずつで付けるのが違うんだな？」

「そう。で、重ね合わせてくっ付ける。見た目が悪くなるので、重なってない余分な部分は包丁で切り取る」

全く同じ形のジャガイモはないから、どうしてもピッタリと重ならない。なので、型抜きで綺麗《きれい》に抜くか、包丁で切り揃えるといい。

「なるほど」

リック料理長が、莉奈の隣で見ながら作っていた。

こういう低姿勢さが、リック料理長を含め皆のスゴいところだ。

王宮に勤めているのだから、普通ならプライドが邪魔をして素人に教えを乞《こ》おうとは思わないだろう。

「しっかりくっ付いたら、低めの温度の油でひっくり返しながら、一分か二分くらい揚げる」

「低めってどのくらい？」

「手の平を翳《かざ》して、あ〜熱いかも？　なくらい」

莉奈はさっき使った油を温め直して、手を翳して見せた。

油を測る温度計はないし、手か菜箸で調べて経験するしかないよね。

「「急に職人技」」

皆は目を見張り、そして苦笑いしていた。

莉奈の料理は、適当の様で適当ではない。素人は見た目や手の平を翳して温度なんて分からない。煙が出れば熱いのは分かるが、それ以外の温度が分かるのは、慣れた人だけである。

「まぁ、菜箸で測るなら、濡《ぬ》れたフキンで菜箸を湿らせた後、しっかり水気を拭《ふ》いて油に浸ける。で、菜箸の先から泡がブクブク出てきたら１５０度から１６０度くらい。先だけじゃなくて、菜箸の全体から泡が出てきたら、１７０度から１８０度くらいの温度だよ」

莉奈は良く分からないと言う人に、油に菜箸を入れて手本を見せた。

揚げ物を良く作る人なら、菜箸で測らなくても、熱気で大体分かってくる。

莉奈も揚げ物が大好きだから、自然と身に付いた技術である。

天ぷらやトンカツは粉やパン粉を先に油に飛ばすと、浮いて来る速度や広がり具合、音などで温度が分かる。

「ちなみにからあげの時は白い粉を先に入れると、粉の揚がり方や広がり具合で分かるよ？」

「「白い粉」」

言いたい事は分かるけど、どうして莉奈はいつも小麦粉の事を〝白い粉〟で例えるのだろう？

と思う皆なのであった。

「話している間にプックリ膨らんだので、出来上がり」

この方法なら、厚さを均等にしたり油を揺らしたりしなくていい。

工程は面倒だけど、その分揚げる時間は短くなる上に、失敗しにくいのである。

「これを平皿に置いて、適当な大きさに切った生ハムをその上にのせる。横にサワークリームを添えて、エドとシュゼル殿下にはハチミツ、フェリクス王には黒胡椒《くろこしょう》を振りかけ、最後にバジルの葉を飾れば、豪華版のポム・スフレの完成‼」

そのままならお菓子だけど、生ハムやサワークリームを添えると、オシャレなレストランで出てきそうなくらいに豪華になる。

キャビアがあったら、もっと高級感が出たかも。

ポテトチップス単品は賓客に出せないけど、一手間掛けたコレならいけるハズ。

「お菓子が料理になったな」

「しかも、なんかすげぇオシャレじゃないか？」

「ジャガイモって……実はスゴいポテンシャル持ってたんだな」

皆は莉奈の作った豪華なポム・スフレに釘付《くぎづ》けである。

大した手間もなく、こんなオシャレな料理になると思わなかったのだ。莉奈の手に掛かれば、どんな食材も魔法を掛けたように、美味しい料理に変化する。

「まぁ、こっちの二枚重ねたポム・スフレなら、失敗しにくいけど……」

「けど？」

「キミ達は、このヴァルタール皇国を担う王宮料理人である。重ねない方で頑張りたまえ」

「「「えぇぇーーーーっ⁉」」」

均等に切るのも膨らませるのも、スゴく難しいんだよね。

でも、王宮料理人なのだから、難しいのをこなしてこそである。莉奈はわざとらしく高笑いしながら、次のジャガイモ料理に取り掛かる。


「膨らまない‼」

「何で⁉」

「私は膨らんだけど、なんか形が変だし」

「リナと同じやり方のハズなのに、なんでよ⁉」

「「「何故だ‼」」」

重ねないポム・スフレを作ろうと、料理人達が悪戦苦闘していた。

工程としてはただ揚げるだけなのにスゴく難しくて、初めてだと大抵失敗する。労力の割に食べづらいから、家でもあまり作らなかった料理だ。

フランス料理だと付け合わせの定番らしいが、難しいからかあまりお店でも見かけない。

莉奈は悪い笑みを浮かべながら、茹《ゆ》で上《あ》がったジャガイモの皮を剥《む》いていた。ちゃっかり別のジャガイモ料理の準備に移っている。

「「……」」

莉奈の手伝いをしていたリック料理長とマテウス副料理長は、そんな莉奈を見た後、顔を見合わせて苦笑いするのだった。

「皮を剥いたジャガイモは潰《つぶ》せばいいのか？」

「うん、全部潰して」

「了解」

リック料理長は既に次に何をするのか考えていた。

潰すのを任せた莉奈は、他に必要な材料を用意する。

片栗粉と牛乳、チーズ、それに醤油《しょうゆ》とバターである。材料はこれだけだ。

「潰したけど、どうするんだ？」

「そこに牛乳と片栗粉を入れて、捏《こ》ねる」

「ジャガイモにジャガイモのデンプンを混ぜるのか」

「そうだね〜。なんか面白いよね？」

言われてみれば、確かにジャガイモにジャガイモを入れている様なモノだ。違和感なく作っていたけど、料理って不思議だらけである。

「牛乳と片栗粉はドバドバ入れなければ、適当で大丈夫。固さはパン生地くらい？　とにかく綺麗に纏《まと》まるまで捏ねて、後は食べ易い大きさに丸めて平たくして、フライパンで焼く」

「焼くのか。油か？」

「バター」

「了解」

莉奈が料理長達とほんわかと作る一方で、一向にポム・スフレが成功しない料理人達の嘆きはずっと聞こえていた。

失敗作の厚切りポテトチップスが山積みになっている。

「コレはコレで美味しいけどな」

「でも、どちらかと言えばやっぱり、ポテトは薄切りのパリッが俺は好きだし」

「なんで膨らまないんだ⁇」

「そして――」

「「「なんで、リリアンはそんなに上手いんだ⁇」」」

皆が失敗を繰り返している中でただ一人、何故かあのやらかし料理人リリアンだけが、ケラケラ笑いながら楽勝で作っている。

ジャガイモの発注は間違えるし、パンを焼いているオーブンは開けるしで、いつも皆をお騒がせしている彼女が……である。

「皆、超下手だねぇ～」

「「なんだとぉ⁉」」

そう言われ青筋を立てる皆をよそに、パシャパシャ、グルグルと油を掻《か》き回《まわ》しながら、リリアンは次々とポム・スフレを作っていたのであった。


「リナ、そろそろイイんじゃないか？」

「あ、そうだった」

「忘れるなよ」

なんとも言えない顔をしてリリアンを見ていた莉奈に、マテウス副料理長が笑っていた。

莉奈の言いたい事も、気持ちも分かるからだ。

リック料理長もマテウス副料理長も、リリアンはよく分からないと苦笑していた。

「両面に焼き目が付いたら、ここでユショウ・ソイこと醤油と追いバターで一気に仕上げる」

気にしても仕方がないと、莉奈は今作っている物に集中する。

ジャガイモを捏ねた物にこんがり焼き色が付いたので、そこに醤油とバターを入れて一気に絡めた。

ジュワッとした音と共にバター醤油の甘く香ばしい匂いが、厨房《ちゅうぼう》全体に広がっていた。

リリアンに青筋を立てていたポム・スフレ組も、途端に莉奈の作る物に釘付けである。

作る物が見えなくても、匂いにフラッとやられていた。

「ジャガイモで作った〝いももち〟の出来上がり‼」

そう、莉奈が作っていたのはジャガイモのいももちである。

小腹が空《す》いた時に食べられる様に、冷凍庫によく作り置きしてあったなと思うと懐かしい。

「んじゃ、さっそく皆で食べよう」

「「「いただきま〜す‼」」」

新作料理には、皆も飛び付いて来る。

この貪欲《どんよく》さが、料理人達のイイところであり怖いところでもある。莉奈はそんな皆を見て犬みたいだなと、笑っていたのであった。


「「「美味しい‼」」」

「ジャガイモで作っただけなのに、モチモチ〜‼」

「食感が面白くて、堪らないわね！」

「バター醤油旨っ‼」

初めての食感に、皆は楽しそうに食べていた。

お餅《もち》みたいにとは言わないが、片栗粉とジャガイモを捏ねると似たような食感になるのだ。

そこに少し焦げたバター醤油、これが絡むと堪らなく美味しい。

「俺、ジャガイモってあんまり好きじゃなかったけど、リナの作るジャガイモ料理はスゴく好きだな」

「分かる‼　スープのジャガイモと違ってパリッとしたり、モチモチしたり楽しいよね？」

楽しんで貰《もら》えて何よりである。

莉奈はエギエディルス皇子用に、残っていたいももち生地に、ピザ用に配合してあったモッツァレラとチェダーチーズなどを入れて丸め始めた。

エギエディルス皇子はチーズが好きだから、チーズを入れた方が楽しんで貰えそうだ。

「「チーズ‼」」

「そうか、チーズか‼」

「確かにジャガイモとチーズは合うよな」

「チーズ入りも作って、腹を空《す》かせた警備兵用に用意しておこう」

「あんなにあったジャガイモが、コレで一気に減るな」

料理人達は莉奈がチーズを入れていると、さらに活気づいていいももちを大量に作り始めていた。

勿論《もちろん》、自分達の味見用も作っているのだろう。

「いももちはサツマイモがあれば、サツマイモ。後はカボチャで作っても美味しいよ？」

そういえば、この世界でサツマイモは見た事がないなと、莉奈は思った。

同じ名前の芋はさすがにないと思うけど、似たような芋ならありそうだ。

「リナの言うサツマイモはないけど、〝紅イモ〟なら仕入れてあったな」

「紅イモ？」

「皮が赤紫色で、中がオレンジとか紫色の芋」

コレだよと、リック料理長が食料庫から少し持って来てくれた。

リック料理長の持って来てくれた〝紅イモ〟は、莉奈の知るサツマイモにそっくりだった。

ジャガイモみたいに丸くない、細長い形状の芋。

「……カラフルだね？」

だが、試しに割って見たら全然ポピュラーではなかった。中身がオレンジはともかく赤、青や紫色と多種多様であった。莉奈の知っている色ではない。

皮も赤紫だけでなく青紫もあり、なんだか目に痛い。というか、青系は見慣れないせいか、少しキモイかもしれない。

「火を通すとより鮮やかな色になるぞ？」

「そうだろうね」

茹でようか？　と言ってくれたリック料理長だが、莉奈は丁重にお断りした。

なんかもう、作る気力がなくなったし。

生の状態で充分カラフルなのに、火を通すとさらに鮮やかになるとか……。きっとカラフルないももちが出来る事だろう。

そんな会話で莉奈はフと、思い出した。

紫色のサツマイモで作った大学芋は、味はともかく「なんか気持ち悪い」って、弟には不評だったなと。

「でもスイートポテトにすれば、オレンジとか紫色とか、華やかで可愛――」

可愛くて美味しいと、弟にはそっちは好評だった。

同じ芋で作ったのに、大学芋と何が違ったんだろうか？

莉奈はそれを思い出し呟《つぶや》いていたのだが……呟きはことごとく拾われるというのが、この国のセオリーであった。

「「「〝スイートポテト〟って？」」」

キラキラした瞳《ひとみ》をした皆が、莉奈を一斉に見ていた。

この貪欲さが食の幅を広げていくんだろうけど、教える方は面倒……じゃない、大変なんだよね。

もう作る気力を失った莉奈に、何かを教える気力も湧かなかった。

「ポム・スフレが作れるようになったら、教えてあげるよ」

「「「えぇーーーーっ!?」」」

料理人達は驚愕《きょうがく》し、すぐに絶望感が漂っていた。

現時点で成功率の低いポム・スフレを作れる気がしないからである。

「アレもコレもより、まずは今教えた事を完璧《かんぺき》にしたまえ」

莉奈がわざとらしく、偉そうに言ってみれば「頑張ります」と皆の口から小さな声が漏れるのであった。


「ちなみにリックさん。なんでこの芋を仕入れたの？」

何か作るつもりだったのかなと、莉奈は紅イモを手にリック料理長に訊《き》いた。

「ポタージュスープでも作ろうかなと」

人参、パプリカ、ほうれん草など、色々と試しているリック料理長。

意外と他の野菜でも美味しく出来るから、各地で採れた野菜を色々仕入れて試作している様だった。

「紫色とか青色のポタージュスープは、エド飲まないんじゃないかな？」

アクセントで入れるくらいならまだしも、全体的に青系はちょっと……。

だって、エギエディルス皇子はカラフルな人参にも渋い顔をするんだから、紫色のポタージュスープもダメなのでは。

「そこはさすがに、無難な黄色かオレンジ色にするつもりだったよ」

青や紫色系は自分で試すだけで、王族には出す予定はないと、リック料理長はそう笑っていた。

「エド。紫色がダメなら、黒ゴマ団子もダメなのかな？」

アレも、見慣れない人から見たら、黒くて気持ち悪いと抵抗があるかもしれない。

「「黒ゴマ団子？」」

「……」

ダメだ。今日は特に口から余計な事が漏れまくる。

これ以上ここにいたら、無意識にポロポロと食べ物の話が漏れてしまう。

莉奈はそう悟り、皆から不気味だと引かれても、無言無表情でチーズ入りのいももちを作るのであった。

◇◇◇

「スライムじゃねぇだろうな？」

昼食時に、王族達にもさっそくポム・スフレといももちを出したら、エギエディルス皇子が真っ先にそう莉奈に訊いてきた。

このメニューのどこに、スライム要素がありますかね？

食べる前から怪訝《けげん》そうなエギエディルス皇子に、莉奈は苦笑してしまった。

「スライムはまだ中庭に干してるよ」

「なら、永遠に干しておけ」

「なんでだよ」

それなら一体何の為に下処理したのか分からない。

エギエディルス皇子の言葉に、莉奈は思わずツッコんでしまった。

「とにかくそれは、ジャガイモ料理のポム・スフレといももちだよ」

作って出した自分が言うのもナンだが、ポム・スフレと並べるといももちが庶民的過ぎる。

ポム・スフレがフェリクス王兄弟なら、いももちは莉奈。まさにそんな感じだ。

「ん？　どっちもジャガイモなのか？」

「そうだよ」

莉奈がそう言うと、エギエディルス皇子は二つの料理を見比べていた。

豪華な盛り付けのポム・スフレ。

素朴ないももち。

調理工程もまったく違うし、食感も違う。どちらも一口ずつ口にして目を丸くさせた。

「ん⁉　コレはポテトチップスに似てるな。こっちはなんだ？　モチっとしてる」

「なんでしょう。初めて口にする食感ですね？」

エギエディルス皇子とシュゼル皇子が、初めて食べるいももちに仲良く小首を傾げていた。

餅米《もちごめ》がないから、当然お餅など食べた事がないのかもしれない。

餅に似た食感の料理もないのか、ポム・スフレよりいももちに興味津々の様だった。

「食感が面白いな」

フェリクス王も、初めての食感を楽しんでいる様子だった。

「チーズが入ってて旨いけど、やっぱりスライムじゃ――」

「ないよ」

口にした事のない食感に、どうしても今朝見たスライムが頭を過るらしい。

アレもプルンとしているから、口にしたらと想像したのだろう。

エギエディルス皇子は莉奈に何度も、しつこいくらいに確認していた。

「じゃあなんで、ジャガイモがモチモチするんだよ？」

「しらん！」

いももちはモチモチする物。何故かなんて、微塵《みじん》も考えた事はない。

莉奈がそう言い切れば、フェリクス王とシュゼル皇子は笑っていた……が、執事長イベールは莉奈の口調に青筋を立てていた。莉奈は、それはそっと見なかったことにした。

「この膨らんでいるのも、ジャガイモですか？」

「ですね。二枚重ねて揚げたポテトチップスだと想像していただければ、近いかと」

ポム・スフレをナイフで軽く崩し、生ハムとサワークリームをのせて口にしたシュゼル皇子は小さく微笑んだ。

「パリッとした食感と、生ハムのねっとりした食感。そこにサワークリームのほのかな酸味とハチ

ミツの甘み、口いっぱいに色々な食感や味が広がって美味しいですね」

「ありがとうございます」

褒めて貰えたと、莉奈がニコリと微笑んで返した瞬間、次のシュゼル皇子の言葉に笑顔が固まった。

「この空洞にアイスクリームを詰めたら、美味しそうですね？」

「……」

どうして、空洞にアイスクリームを入れたがるのかな？

そこは、何かを詰めるためのスペースではないのだけど？

「……そうか、紅イモ」

アイスクリームには、ジャガイモよりサツマイモの方が合うと思う。

揚げたて熱々のサツマイモに、キンキンに冷えたミルクアイス。大学イモやスイートポテトにトッピングしても美味しいよね。そんな事を考えていたら――

「紅イモ？」

口から漏れていたらしく、シュゼル皇子に拾われていた。

だが、莉奈はその視線にまったく気づかず、テーブルの上にあるワイングラスの中の水を見て、いらん事まで思い出しさらに口を滑らせる。

「アレ？　イモといえば、ホーニン酒があるなら、イモ……」

芋焼酎《いもじょうちゅう》もありそうだよね？　と思ったのだが、鋭い視線にハタと我に返った。

「〝イモ〟なんだ？」

「……」

〝酒〟という言葉《ワード》にフェリクス王までが釣り上がってしまった。

莉奈は、王兄弟の強い圧と視線にやっと気付き、口を慌てて押さえた……が時すでに遅しである。

追及の目が突き刺さっていた。

そんな莉奈が、誤魔化すために口から出した言葉は、もっと最悪だった。

「えっと、芋虫？」

「気持ち悪っ‼」

「「……」」

途端にエギエディルス皇子は身震いし、フェリクス王とシュゼル皇子は苦虫《にがむし》を噛《か》み潰《つぶ》したような表情に変わっていた。

スライムを食べようとする莉奈の事だから、芋虫も食べようと考えていると思われたみたいだった。

まぁでも、芋虫はともかく、燻製《くんせい》にしたサンショウウオをトッピングしたジェラートが日本にはあったハズ。

この世界ではまだ、サンショウウオは見た事はないけど、ヤモリは中庭で見た事があった。

そう思い出したら、莉奈は一度押さえたハズの口から、また余計な言葉を漏らしてしまう。

「アイスクリームの上にヤモリの姿焼き――」

「リ～ナ？」

シュゼル皇子の良い笑顔が、それを制したのは言うまでもなかった。

第4章　我が同志

昼食が終わり、莉奈《りな》は片付けを手伝うと厨房《ちゅうぼう》を後にした。

皆が大きく変化を遂げた聖木こと聖樹を気にしている中、莉奈はスライムがどのくらい乾燥したか気になり、銀海宮《ぎんかいきゅう》の中庭に向かったのだ。

あのイベールが捌《は》けさせただけの事もあり、人集《だか》りはなかったが人影が一つ。

「タールさん」

そう、魔法省長官タールの姿があった。

今朝がた一度聖樹を見たものの、様子が気になり再び戻って来たのだが、ガゼボの前にバットが置いてあったので、何だろうと覗《のぞ》いていたらしい。

「〝スライム〟ですか？」

【鑑定】にも、逐一魔力を消費する。その消費を抑えるため、普段あまり使わないタール長官も、余程気になったのか使用したらしい。

「あ、はい」

「乾燥させてどうするのでしょうか？」

「えっと。乾燥させて砂糖水に漬けると、黒糖タピオカみたいで美味しいらしいので」

「ええ⁉　コレ、食べられるのですか⁉」

「え、まぁ一応？」

エギエディルス皇子達みたいに、拒絶反応を見せるかなと構えていれば、タール長官は瞳《ひとみ》をキラキラとさせていた。

そうだ。忘れていたが、彼は珍味好きだった。

黒糖タピオカが何か分からないみたいだが、美味しいという言葉に反応した様である。

「ミルクティーに入れると、美味しいみたいなので出来たら――」

「お待ちしていますね！」

「はい‼」

皆が皆、イヤそうな表情しかしてくれなかったので、莉奈は感激していた。

やっと理解してくれる人がいたと、思わずタール長官の手を握り、ブンブンと振ってしまった。

「白いのは〝ゼラチン〟にもなるので、ゼリーやババロアとか作ったら持って行きますね？」

「そんなに活用出来るのですか‼　それは楽しみですね」

「はい‼」

何この感動。

分かち合える同志がいたというだけで、なんだか不思議と嬉《うれ》しい。

それからしばらく、タール長官とスライムの話に花が咲いていた。他の人が聞いていたら絶対にドン引きする事、間違いなしの異様な会話である。

――そして。

このスライムを魔法ですぐに乾燥させる事も出来るが、初めは天日干しで作った方が良いだろうと、このまま天日干しにする事にしたのだった。

◇◇◇

ルンルン気分で自室に戻って来たら、ラナ女官長と侍女モニカが掃除をしてくれていた。

珍しく厨房出禁のサリーもいる。

「ねぇサリー、服は洗うようになったみたいだけど、お風呂《ふろ》には入ってるの？」

面倒くさいと服を洗わない、私服にも着替えない人だ。

服は洗うようになったとラナ女官長に聞いたけど、なんかどうも気になる。臭ったりはしないけど、一度そういう目で見てしまうとつい、ね？

「失礼な。三日に一度くらいはしっかり入ってるよ」

「「なっ⁉」」

「……」

三日に一度は〝しっかり〟とは言わないと思う。

しかも、〝くらい〟というのだから、頻度はもっと少ない可能性がある。

ラナ女官長とモニカが弾けるようにサリーから離れ、ものスゴい形相でサリーを見ていた。

服を洗わない以前の問題だったなと、莉奈は笑いも出なかった。

「【浄化】魔法があるのに、毎日入る意味が分からない」

「「そういう問題じゃないのよ‼」」

サリーがあっけらかんと言えば、ラナ女官長とモニカが速攻で反論していた。

確かに浄化魔法は色々便利だけど、掛ければ万事解決って訳ではない。服はしっかりと洗うべきだし、身体もそうである。

臭わないからイイとかいう問題ではないのだ。

「ラナ、モニカ」

「「こっちもサリーは出禁にするわね」」

莉奈の心情を察した二人は、サリーを部屋から追い出したのであった。

莉奈も面倒くさがりだが、どんなに疲れていても、毎日着替えるしお風呂もちゃんと入る。サリーはある意味徹底し過ぎである。

彼女の部屋はどうなっているのだろうと、少しだけ興味が湧いた莉奈だった。

「お風呂まで入っていなかったとは」

まだ衝撃が冷めやらないラナ女官長が呟《つぶや》くと、モニカが答えた。

「お風呂ちゃんと入ってる？　なんて普通は訊《き》かないし、仕方がないんじゃないですか？」

「そうよね。普通は入ってると思うものね」

「二人はちゃんと入ってるの？」

「『当たり前でしょう⁉』」

莉奈が一応確認すれば、即座に返事が返ってきた。

むしろ、サリーなんかと一緒にしないで欲しいと、怒られてしまった。

「碧《へき》ちゃん達の方が綺麗《きれい》なのかも」

莉奈も呟かずにはいられなかった。

莉奈の番《つがい》である碧空《へきくう》の君は、毎日のように温泉に浸かっている。三日に一度のサリーより、断然清潔である。

竜より汚い人間って、どうなんだろう。


――ドスーーン‼

莉奈が深いため息を吐《つ》いていると、激しい音と振動が……。

碧月宮《へきげつきゅう》の近くに、何か落ちて来たらしい。

まぁ、隕石《いんせき》な訳がないから、竜だろう。

「リーーナーー!!」

その声に碧月宮だけでなく、ラナ女官長とモニカも震えた。

さっきまでご機嫌だった莉奈も、一気にどんよりである。

竜って、本当に騒がしい子だよ。

碧月宮が破壊される前にと、莉奈はため息を吐きながら外に出るのであった。

◇◇◇

「どうしたのですか?」

莉奈が碧月宮の外に出れば、少し離れた場所に胸元を真っ黒にした真珠姫が、今にも火を吐かんばかりの形相でいた。

真珠姫が莉奈に会いに来る時は、大抵が上機嫌か不機嫌かの二択しかないから怖い。しかも、自分には選べない究極の選択だ。なお、不機嫌な時は胸元の鱗《うろこ》が黒く変色しているので、一目瞭然《いちもくりょうぜん》である。

辺りにいた警備兵も恐怖で固まっているし、莉奈と一緒に来たラナ女官長とモニカは、小さな悲鳴を上げると仲良く腰を抜かしていた。

「どうしたもこうしたもないのですよ‼」

「はぁ」

「何故、女王たる私を差し置いて、いつも碧空のを優先するのですか⁉」

「……」

一体なんの話をしているのだろうか？

莉奈は意味がまったく分からず、ポヤンとしていた。

その反応はさらに火に油を注ぐようなモノだったらしく、真珠姫の怒りが増しただけだった。

「この私を無視するとは……喰《く》いちぎられたいのですか？」

無視しているのではなく、言っている意味が分からないのだ。

莉奈の顔に真珠姫の生温かい息がかかった。

今にも莉奈を食いちぎらんと、顔の前で真珠姫が大口を開けているのである。ラナ女官長とモニカは顔面蒼白《そうはく》で、震えまくっていた。

このままでは、莉奈が真珠姫に喰われてしまうと。

だが、警備兵達は、助けに入るべきかどうか悩んでいた。

当の莉奈が余裕どころか、呆《あき》れ顔《がお》で真珠姫を見ていたからだ。

「いやイヤいや？」

「なら、なんですか⁉」

「あのですね。一体何に怒っているのか分かりませんけど、自分の番を優先するのは当たり前ではないのですかね？」

それこそ、真珠姫を贔屓《ひいき》していたら、碧空の君に喰われそうだ。

「……ぐっ！」

莉奈の正論に、真珠姫が一瞬押し黙った。

莉奈は真珠姫の番ではないのだ。誰が見ても、真珠姫が自分を優先しろと言うのは、筋違いである。

「ハイハイ、何かありましたら番であるシュゼル殿下にお願いしますね。私も暇ではないので」

怒れる竜すら怖くない莉奈は、真珠姫を軽くあしらった。

この世で一番恐ろしいのは、魔王《フエリクス王》である。あの方の怒りに比べたら、真珠姫なんて可愛いもの。

莉奈はさて、帰ろうと踵《きびす》を返したのだが――

――ガシッ。

「あ」

怒りで我を忘れた真珠姫により、莉奈は捕縛されたのだった。

要するに、右前足で掴《つか》まれたのである。強硬手段とはこの事だ。

「「ヒィッ!!」」

ラナ女官長とモニカが、小さな悲鳴を上げて倒れているのが、〝空〟から見えた。

警備兵達が慌てふためいているのも、良く見えた。

そう、それもすべて空からである。こうなってしまえば、さすがの莉奈もどうする事も出来ない。

莉奈はもう叫ぼうが暴れようが無理だと悟り、すでに諦《あきら》めモードになっていた。部屋の飾りつけの時も攫《さら》われているので、もう慣れたものだ。

竜って、頭の良い生き物だと思っていたのだが、どうしてこう脳筋が多いのだろうか。

真珠姫になすがままの莉奈は、澄み渡る大空を強制的に駆けながら、コレは〝シュゼル・スペシャル〟の出番かなと独りごちる。

◇◇◇

白竜宮《はくりゆうきゆう》の前の竜の広場では、数頭の竜達が日向ぼっこを楽しんでいた。

その近くでは、近衛師団兵達が演習を行っている。

竜が広場に降りて来るのは日常なので驚かないが、〝手に何か持って〟いれば別である。

一人また一人と上空の真珠姫と、その前足に気付き、手を止めていくのだった。

「アレって」

「「リナだよなぁぁ〜っ」」

あんな掴み方をされて竜に運ばれて来るのは、獲物か莉奈くらいなものである。

何をすれば、ああやって運ばれて来るハメになるのだろう。

二度目ともなれば、近衛師団兵達や他の竜達は、慌てるというよりなんとも言えない表情になっていた。

そんな注目の中、莉奈はコロンと竜の広場に降ろされた。

竜の背に乗るのは楽しいが、掴まれて飛ぶのはやはり恐怖しかない。

だが、そんな事を我儘娘《しんじゅひめ》に言っても聞かないのだから、拳《こぶし》で語るのみである。

莉奈はゴソゴソと魔法鞄《マジックバッグ》を漁り、万が一の為にとコッソリ常備してある〝シュゼル・スペシャル〟を一気に飲み干した。

相変わらず美味しくない。

そんな感想を漏らす暇もなく、身体がポカポカと、そしてカッと熱くなってきた。

力が漲《みなぎ》ってくるのを、全身で感じる。

とにかく〝竜《なにか》〟を蹴《け》りたくて足がウズウズしていた。

「いつまで蹲《うずくま》っているのですか」

今も自分の事しか頭にない真珠姫は、莉奈が例の〝シュゼル・スペシャル〟を飲んでいたことなど、微塵《みじん》も気付かなかった。

いつもの真珠姫なら、匂いで察したハズだ。あるいは似たようなシチュエーションが、以前にもあったなと気付いた事だろう。

だが、今の彼女は自分の欲求を満たすためだけに動いている。

なので、この後起きるだろう惨事など考えもせず、莉奈の身体をツンツンと前足で突っついていた。


――ボブッ！

「ヒギャーーッ‼」

莉奈に顔を近づけた瞬間、真珠姫の悲鳴が広場に響き渡った。

普通に戦っても勝てる訳はないので、莉奈は先手必勝だと、真珠姫の顔面に激辛唐辛子〝ペッパーZ〟の粉を袋ごと投げつけたのである。

目の粘膜を刺激され、激痛を感じた真珠姫は慌てて顔を振るが、粉は周りにも漂っている訳で……息を吸うたびに鼻や口まで刺激され、噎《む》せれば気管まで焼けるように熱くなっていた。

――ドカン‼

「どうして学習しないのかな？」

「ンギャ⁉」

あまりの痛さにその場で泣いている真珠姫の下顎《したあご》を、莉奈はサッカーボールの様に蹴り上げた。

サッカーで言うところのオーバーヘッドキック、格闘技で言うならサマーソルトキックである。

目を瞑《つぶ》っていた真珠姫は、何がなんだか分からないまま、下顎に莉奈の蹴りをモロに食らった。

目や鼻、肺や顎《あご》など色々な痛みに、真珠姫はもはやなすがまま。だが、魔法薬《シユゼル・スペシャル》や怒りで、身体がフツフツと高揚しまくっている莉奈が、その一発で納得して終わらせる訳がない。

蹴り上げた勢いそのままに、華麗にバック転《後方宙返り》で地に足をつけた莉奈は、すぐさま空高くジャンプした。

——ドゴーーン‼

そして、その高さと勢いを利用し、渾身《こんしん》の踵落としを真珠姫の脳天に決めたのだった。


——そして。

真珠姫は、派手な音と共に地に頭を沈めたのである。

急に始まった二度目となる闘い。莉奈VS真珠姫。

皆が息を潜め見守る中、再び莉奈の圧勝でここに閉幕したのであった。

◇◇◇

「足りない」

以前服用した時は、このくらいで脱力感が襲ってきたのだが、今回は効果が長いのか、一向に切れる気配がない。

それどころか莉奈はまだまだ身体が高揚していて、真珠姫を蹴り倒したくらいでは満足出来なかった。

しかし、目の前でヒクヒクしている真珠姫をこれ以上蹴るのは、さすがの莉奈でも気が引ける。

どうにかならないものかと、辺りを見渡した時――


日向ぼっこで寛いでいた竜達と、たまたま目が合ったのだ。そう、たまたま。

断じて他の竜を、蹴り倒そうと思った訳ではない。

だが、ちょっと、いや少し相手にしてくれたら治るかもと、チラッと頭に過ったのも確かである。

「「「ピギャヤーーーッ‼」」」

それを察したのか分からない。

だが、ただ莉奈と目が合っただけなのに、竜達は何故か悲鳴にも似た声を次々と上げていた。

真珠姫との戦いに呆然《ぼうぜん》としていた竜達は、妙にギラつく莉奈と視線が合い、次は自分だと目を恐怖の色に変えたのだ。

殺気を受けて勘が働いたのか、殺されると勝手に解釈した竜達は、バタバタと我先に争うように次々と空へ駆けて行ったのであった。

――こうして。

あの和やかだった広場には……竜が一頭もいなくなったのである。

「「「…………」」」

演習を中断していた近衛師団兵達は、呆然だった。

なんだか分からないまま戦いが始まり、なんだか分からないままに終わった。

さらによく分からないことに、何故か関係のない竜達まで悲鳴を上げて逃げていったではないか。

竜が慌てふためいて逃げ回るなんて事態はあり得ない。

理由は分からない。だが、原因は分かる。莉奈に恐怖し逃走したのだ。生き物の頂点に立つハズの竜達が……である。

状況は理解不能だが、その異様な光景に既視感を近衛師団兵達は感じていた。

あえて〝誰〟とは言わないが、〝誰か〟に似ている気がする。

…………オカシイ。

近衛師団兵はそんな莉奈を見て、何故か膝《ひざ》を折りたい心境にかられていたのだった。


「どこに行くのかな？」

一頭もいなくなった訳ではなかった。一頭だけ残っていたのだ。

莉奈が空高くに逃げた竜達を見上げていたら、元凶である真珠姫はまさに今、コソコソと去ろうとしていた。

勢いそのままに行動してしまった真珠姫だったが、莉奈に蹴られ一気に頭が冷えたのだろう。

そして、この状態の莉奈と関わるのは、得策ではないと判断した様である。

「いえ、ちょっと……」

「ちょっと？」

莉奈に話し掛けられビクリとするも、真珠姫はそう口にしながら距離を取る。しかし、莉奈は引き下がらず距離を縮めようと歩み寄った。

「せっかくだから、もうちょっと話そうよ？」

「け、け、結構です‼」

莉奈の目がいつもと違い、恐怖を感じ取った真珠姫の足が、先程よりさらに速くなっていた。

距離を取ろうとする真珠姫。それを縮めようと追いかける莉奈。

いつの間にか、竜の広場では奇妙な鬼ごっこが始まっていた。

「何やってんだ、アレ」

「どうなっているんでしょうね？」

「……」

騒ぎを聞きつけた王族ブラザーズは、その様子を柵《さく》越しに眺めていた。

王兄弟達は、フェリクス王がしばらく城を空けるため、公務や政務などの引き継ぎやらをしている最中だった。

そこへ届いた、血相を変えたラナ女官長や警備兵からの報せ。

またかと苦笑いが漏れたものの、竜と人である。万が一の事があってはと慌てて来て見れば、何故か鬼ごっこ状態だった。

しかも、真珠姫が莉奈を追い回しているのではなく、どう見ても逆である。

どうしてこうなっているのか近衛師団兵に訊《き》けば、案の定また闘っていたらしい。

最終的に、ボコボコにされた真珠姫が逃げ回るハメになった……という事の様だ。

しかし、走る事に不向きな竜がドスドスと走り回る姿は、異様である。

エギエディルス皇子は苦笑いし、シュゼル皇子はほのほのと微笑み、長兄フェリクス王はため息を吐《つ》いていた。

「翼とは」

シュゼル皇子がのんびりと呟《つぶや》いた時――

真珠姫もその事を思い出したのか、莉奈に捕まる寸前に地をトンと蹴り上げ、すんでのところで空に逃げられたのであった。


――プツン。

真珠姫が空に溶けたのと同時に、莉奈は電池が切れた人形の様に、突如力が入らなくなりフラリ

とした。

シュゼル・スペシャルの効力が切れたのである。言いようもない脱力感が身体全体を襲ってきた。

やはり、アレは飲むものではないなと、地に崩れながら莉奈は思った。

「ったく、面倒の掛かる女だな」

崩れ落ちると思った瞬間、フェリクス王の呆《あき》れた声が莉奈の頭上でした。

言葉とは裏腹に、彼の口調と行動は優しい。

倒れてケガをする前に、フェリクス王が左腕で支えてくれたのだった。

「ひょっとしなくても、また例の魔法薬を飲んだな？」

「……」

フェリクス王にはお見通しの様である。

ヘロヘロの莉奈は、もはや肯定も否定の言葉も出なかった。

「また作ったのですか？」

「……」

ダメですよと、シュゼル皇子がやんわりと咎《とが》める声に、「なら、真珠姫をどうにかして下さい」

という声を、すんでのところで飲み込んだ莉奈なのであった。

◇◇◇

——あれから。

フェリクス王の左腕に米俵のように抱えられ、彼の執務室に連れて来られた。

莉奈を放置するから騒ぎが起きるのだとフェリクス王は判断したらしく、ならば目の届く範囲に置けばいいと相成った様だ。

執事長イベールは眉《まゆ》を顰《ひそ》めていたが、王の決めた事に異を唱える事はなかった。

ただ、莉奈の耳にヒッソリと、迷惑をかけない様にと苦言があったのは言うまでもない。

「結局、お前はなんで白いのと闘ってたんだよ？」

ソファの上でグッタリする莉奈を見て、エギエディルス皇子が問う。

「ガッてなって、ポイっとされたから」

「擬音で説明すんじゃねぇ」

周りに聞いた話と莉奈の話を総合し、ある程度の事情は分かるが、エギエディルス皇子はツッコまずにいられなかった。

「真珠姫が帰城した時にでも、理由を訊いておきましょう」

シュゼル皇子はほのほのと、書類を処理していた。

どうせ真珠姫の我儘《まま》だろうと想像しているが、一応訊くだけ聞いておこうと思ったのである。

「聖木に何かしたかと思えば、今度は竜と……お前は大人しくしていられないのか？」

シュゼル皇子の処理した書類に目を通しながら、フェリクス王は面白そうにしていた。

想像を遥《はる》かに超える莉奈の行動が、一周回ってもはや楽しくて仕方がない。

さすがに、国に害を及ぼす行動ならば行動制限もやむをえないが、現時点で害はない。それどころか、理にかなっている事も多いのが不思議だ。

そのおかげか、当初莉奈の自由過ぎる言動に不快感や不満を抱いていた一部の者達からも、気付けば一切声が上がらなくなっていた。

食事改善など小さなモノを含め、莉奈の恩恵に与らない者など、この王城だけでなく国にももはやいないのだ。

何かしら知らず知らずのうちに、莉奈の恩恵を受けているという訳である。

「……」

フェリクス王に大人しくしていられないのか？　と言われ、押し黙る莉奈。

自分ではこれでも、充分大人しくしているつもりであった。むしろ、周りが騒ぎ過ぎなのでは？と思わなくもない。

莉奈がムスッとしていると、ほのほのとした声が一つ。

「リナは〝回遊魚〟と同じなんですよ」

「「〝回遊魚〟？」」

その言葉に眉を寄せたのはフェリクス王とエギエディルス皇子である。

〝回遊魚〟と同じと言われても、意味が分からなかったのだ。

「常に動いていないと死んでしまうんです」

マグロやカツオなどの回遊魚は、常に動いていないと身体に酸素を取り込めないので、結果死んでしまうそうだ。

なので寝る時も、速度は遅くなるが常に動いている魚だと、シュゼル皇子が書類を片付けながら説明していた。

その説明になるほどと、フェリクス王とエギエディルス皇子が妙に納得する横で、執事長イベールが無表情に呟いた。

「リナは〝半魚人〟でしたか」

「「「……ぷっ」」」

途端にフェリクス王兄弟が小さく吹き出した。

イベールは莉奈の行動に、呆れ半分、揶揄《からか》い半分で思わずそう呟いていたのだ。いつも冗談すら言わないイベールのその物言いに、フェリクス王達はつい吹き出してしまったのであった。

〝半魚人〟。

その言葉を聞く限り、半魚人や人魚がこの世界にも、空想か現実として存在しているのだと莉奈は理解した。

——にしてもだ。

エラ呼吸か肺呼吸かはこの際おくとして、同じ魚人をチョイスするなら半魚人じゃなくて人魚でもよくないかな？

莉奈は不服とばかりに、口を尖《とが》らせた。

「せめてそこは〝人魚〟じゃないかな？」

「人魚に失礼ですよ。リナ」

「なっ！」

即時イベールに冷たくそう言われ、莉奈は文句を言おうかと思ったのだが……イベールの冷めた瞳《ひとみ》に、もう反論する気が起きなかったのであった。

第5章　神をも喰らう

「「「無事のご帰還お待ちしていました‼」」」

厨房《ちゅうぼう》で大人しくするならと許可を得て、回復した莉奈《りな》が厨房に戻ると、マテウス副料理長を筆頭に、料理人達が笑いながら敬礼してきた。

真珠姫に攫《さら》われたのを、ラナ女官長かモニカ辺りに聞いていたのだろう。

「あはは」

揶揄われた莉奈は、怒るより乾いた笑いしか出ない。

もう何とでも言ってくれ。

「何したの？」

「分からん」

むしろ逆に聞きたい。

怒りに任せて蹴《け》る前に、真珠姫から事情を訊くべきだった。

たとえ理不尽な理由でも、何故そんな事態になったのかは気になる。

シュゼル皇子が訊いてくれるみたいだから、待つしかないか。

「リナ、何作るの？」

厨房の片隅で寛いでいた莉奈がお米を研ぎ始めたので、リリアンが訊いてきた。

「夕食はご飯が食べたいなと」

お米があるとはいえ、皆の主食は基本的にパンである。

だが莉奈は、ご飯が食べたい今日この頃だった。

「ご飯なら、俺が炊いとこうか？」

「ん？　んじゃ、お願い」

すでに習得したマテウス副料理長が、代わりをかって出てくれた。

ありがたい。莉奈はマテウス副料理長に後を任せ、ならばとオカズを作る事にする。

メインを肉にするか魚にするか、副菜は何にするか。

だけど、一番は汁物を何にするかではなかろうか？

ご飯に合うのは、やっぱり味噌汁《みそしる》だ。しかし、醤油《しょうゆ》の実はあったけど、味噌《みそ》の代わりになるモノがない。

味噌は味噌として、この世界にあるのだろうか？

それすらも分からない。

確か、味噌を造る時の上澄み液が、醤油の原型だと聞いたような覚えがある。それは味噌の上澄み醤油と言って、厳密には醤油と違うけど、味噌と醤油の中間みたいな味で美味しい。

だが、醤油が醤油として存在していないのなら、味噌はないのかもしれない。

莉奈がそんな事を考えていると、リック料理長がいそいそと寸胴鍋《ずんどうなべ》を持って来た。

「あ、そうそう。リナに味見してもらいたいモノがあるんだ」

「ん？」

「鶏ガラで出汁を取るようになって、ずっと考えてたんだよ。鶏ガラで出来るなら、魚のアラからも取れるんじゃないかなと」

味見して欲しいモノとは、どうやらスープか出汁のようだ。

作ってみたんだよと、少し恥ずかしそうにリック料理長が小皿に出汁を取り分け、莉奈に手渡した。

寸胴鍋を覗《のぞ》いて見た感じからして、和食の出汁の取り方ではなく洋風。鶏ガラを魚のアラに変えて、香草《ハーブ》や野菜のクズを使ったスープだ。

どうかなと言われ、莉奈は早速口にした。

「ん、美味しい」

魚の旨味の中に、野菜の優しい甘み。魚特有の生臭さは多少あるが、丁寧に作られた出汁である。

初めて莉奈の鶏コンソメスープを飲んだ時に、今まで作っていた自分達のは水煮だったと、料理人達は自嘲《じちよう》していたけど……あれは野菜の旨味を引き出した出汁。

色んな味に親しんだ莉奈には多少物足りなかったが、あれはアレで美味しい野菜スープであった。

その野菜スープを作っていたリック料理長達なら、スープは得意とする分野だろう。

それを活かし丁寧な仕事から生まれた、洋風の魚の出汁である。飲みながら、自分のお役御免も近いかなと、莉奈は少しだけ寂しく感じていた。

「でも、なんかちょっと臭みがないかい？」

何回か試作したのだが、イマイチ魚の生臭さが抜けないのだとリック料理長がため息を吐《つ》いていた。

確かに、一瞬口に含んだ時に生臭さが鼻に抜けた。微々たるもので気にならないが、リック料理長は完璧《かんぺき》を目指したいのだろう。

「臭みの抜き方は？」

「鶏ガラと同じで熱湯にくぐらせて、良く洗ったよ」

「うん、それでもイイけど……魚から出汁を取る時は、熱湯にくぐらせる前に軽く塩を振って置いておくとイイよ？」

「え？　塩を振って置いておくのか？」

「そう。塩で魚の臭みが浮き上がるから、それを洗って、そのあと水から煮るの」

魚のアラに塩を振ってバットやボウルに入れて置くと、あの生臭さの原因になるモノが水分と一緒に浮いてくる。

それを洗うかフキンで取ってから調理するのと、そのまま調理したのとでは美味しさが全然違う。

「そうか、鶏ガラと調理工程が少し違ったのか」

あれ程悩んだのに、莉奈に訊《き》けばすぐ改善策を教えてくれる。

莉奈を追い抜こうと頑張ってはいたが、追い抜く前に並ぶ事が先だと、リック料理長は考えを改めたのであった。

「ちなみに、出汁と一口に言っても取り方はいっぱいある」

「え？」

「香草や野菜と一緒に煮るやり方もその一つだけど、野菜を入れない作り方もある。後は、白ワインの代わりにホーニン酒にするとか、材料を生から煮るか焼いてから煮るか、出汁を取る前の下処理も塩の代わりに酢でやっても、味はガラッと変わるよ？」

「「……」」

一緒に聞いていたマテウス副料理長も、リック料理長同様に固まっていた。

材料や焼く方法どころか、下処理から色々な方法があったのかと、愕然《がくぜん》としていたのだ。

「ちなみに、水から魚介を煮て、塩だけで味付けした汁物は〝潮汁《うしおじる》〟って言う」

「「ソウデスカ」」

莉奈と肩を並べるのは、いつになるのだろうかと、皆はため息も出なかったのだった。

「ご飯に汁物はそれでいいとして、メインは何にしようかなぁ」

リック料理長が作った出汁は、言われれば多少生臭さはあるものの、自分が飲む分には全然気にならないくらいに美味しい。

せっかく作ってくれたのだからと、莉奈はリック料理長の作ってくれた魚の出汁に、何か野菜を入れて味噌汁代わりにしようと考えていた。

だが、問題はメインのオカズである。

潮汁的なスープとご飯だけじゃ味気ない。

肉な気分ではないし、何にしようかと魔法鞄《マジックバッグ》をゴソゴソ。

そして、莉奈はとある具材をまな板の上にドンと取り出した。

「え、何その切り身」

「魚か？」

まな板にのった薄水色の切り身を見た料理人達が、にわかにざわつき始めた。

色や肉質から、動物の肉ではないのは見て分かる。だが、それが何の切り身かまでは分からない。

薄水色の身の生き物を知らないからだ。

「キミ達、まだシュゼル殿下から渡された魔法鞄《マジックバッグ》を漁ってないね？」

「「「……」」」

莉奈とシュゼル皇子が【鑑定】して視て、食用可と出た魔物を入れた魔法鞄《マジックバッグ》。莉奈同様に皆も貰《もら》ったハズだ。

なのに、ボア・ランナー以降、中身を取り出してもいないのだろう。

「貴重な食材ばかりだから、総料理長《リナ》の意見を聞いてからと思いました‼」

「……」

「だって、リナがコレを使って新しい料理を作ってくれた時に、もうないじゃガッカリするし」

莉奈がジト目で見ていれば、料理人達は取って付けた様な言い訳をしていた。

「味見くらいしてもイイのでは？」

「いやいやいや」

「そこはまずは……」

「「「なぁ？」」」

食べられると分かっていても、最初の一人にはなりたくないらしい。

……莉奈はあえて言及はしない事にした。

皆の期待と不安混じりの視線を浴びながら、莉奈はその薄水色の切り身をさらに薄く削ぎ切りにした。

醤油で食べたいところだが、見た目が淡白そうな感じがしたので、塩を軽く振って口に……。

「「「生で食うのかよーーっ⁉」」」

莉奈が切り身を生で口に入れた途端に、料理人達から絶叫に近い声が上がっていた。

莉奈は日本人だから、違和感なく魚を生で口にしたが、そんな習慣がない人達からしたら驚愕《きょうがく》ものらしい。そういえば、イカの刺身の時もそうだったと思い出した。

漁師町で育った料理人以外は、複雑な表情をしていた。

「ん？」

莉奈は薄切りにした切り身を口にして、首を傾げていた。

味は間違いなく美味しい。淡白かと思われた身だけど、想像以上に脂がのっている。口に入れた瞬間から、上質な旨味を感じる。

「そうだ。サーモンだ」

色がサーモンピンクではないから、頭が疑問だらけになるのであって、もう一切れ口に入れ目を瞑《つぶ》って噛《か》みしめれば、やはりサーモンに近い味だ。

色は薄水色だけど、寿司屋でトロサーモンとして提供されているあの味に似ている。

では、何が違うのか。

食感がサーモンより、しっかりしている気がする。部位によっては脂のノリも違うだろうから、また違った味わいかもしれない。

慣れない色味がちょっと頭を混乱させるけど、ものスゴく美味しい。

「塩より、醤油だよね」

厨房《ちゅうぼう》に、常備される様になったユショウ・ソイの実の汁を棚から取り出し、その身にチョンチョンと付けて再び口に……。

「あぁ、ウマッ」

刺身に醤油《しょうゆ》を付けたこの味。

自分はやっぱり、日本人なんだなぁとしみじみ思う。懐かしさしかなかった。

「酢と砂糖があるから、酢飯にして丼ものでもイイな」

莉奈はサーモンに近いと分かったこの身を使って、何を作ろうかワクワクしていた。

だが、生魚を口にする事を躊躇《ためら》っている皆は、莉奈の口にしている言葉にも、いつもより活気がなかった。

お酒やお菓子とは大違いである。

「食べていいか？」

そんな中、一番に手を挙げたのは、漁師町で育った料理人ダニーだった。

タコの時も、皆が恐々としている中で普通に調理していたのだから、刺身に抵抗感はないのだろう。

「塩にする？　醤油？」

「醤油」

塩なら村で使って食べていたが、醤油はなかった。なにせ、ユショウ・ソイの実が硬過ぎて割れなかったからだ。

皆が複雑な表情で見守る中、ダニーは躊躇いもなく切り身を口に入れた。

「ん⁉」

「どう？」

「うんまぁぁっ‼　何コレ。ピクチャやギロンチより身は軟らかいけど、脂がすげぇのってて旨い‼」

マジかよ、旨いのかと皆がザワつく中、莉奈は彼が口にした聞き慣れない言葉に眉《まゆ》を寄せていた。

〝ピクチャ〟や〝ギロンチ〟って何⁇

コレと比べるのだから、それも魚なのだろう。

だが、聞いた事もない名前に、どんな魚かも想像出来ず、莉奈は首を傾げるばかりであった。

「確かに、この弾力はギロンチと似ているな」

リック料理長が、手にしたフォークで魚の身の弾力を確かめていた。

ギロンチが何か知らないが、この世界かこの国では案外ポピュラーな魚なのかもしれない。

「〝ギロンチ〟って何？」

「え？」

「ギロンチ」

「あぁ、ハミンチュに似た魚だよ」

「〝ハミンチュ〟⁇」

さらに訳が分からなくなったぞ？

ギロンチと似た魚がハミンチュ。だが、そのハミンチュすら分からない。

莉奈は首が斜めに曲がるばかりである。

「ギロンチはないけど、ハミンチュならあるよ」

「うっわ……派手だね」

莉奈が知らなそうだと思ったのか、リリアンが冷蔵庫から現物を持って来てくれた。

バットに入ったハミンチュという魚は、蛍光ピンクと蛍光緑のマダラ模様のド派手な魚だった。

魚の形的には、鯛《たい》に似ている。熱帯魚みたいなド派手なカラーの鯛、といったところだ。

「オスのハミンチュはド派手なんだよ。メスのハミンチュは黒っぽい」

「あぁ、そう」

なら、想像するにオスはメスに求愛するために、こんなにド派手なんだろう。……にしても、派手過ぎて目に痛い。

「味は？」

「白身だから、淡白だね」

バターソテーにする事が多い魚だと、リック料理長が教えてくれた。

なら、今味見した魚と一緒に丼ものに入れてもイイなと、莉奈は考える。

「この魚も白身っぽいけど、脂がのっていて美味しいな」

「でしょう？」

そう教えてくれながら、薄水色の魚の切り身を食べたリック料理長は、意外な美味しさに目を見張っていた。

「皆も食べてみなよ。美味しいから」

リック料理長や他の料理人が口にすれば、毒味でも終わったかのような安心感でもあるのか、一人また一人と莉奈から切り身を受け取り口にし始めた。

「ん⁉　焼き魚とは全然違う」

「生臭いかと思ってたのに、スゴく美味しい‼」

「醤油をつけると、風味が加わってさらに美味しいな‼」

「生なんてって思っていたけど、脂がのってて旨い」

「パンにも合うのかな？」

クセの少ない白身魚のおかげか、刺身初心者でも抵抗感は少なく美味しく食べられた様だ。

旨い旨いと、皆の手が自然と切り身ののった皿に次々と伸びていた。

生でも平気なら、海鮮丼もありだよね。酢飯は苦手な人もいるかもしれないから、そこは普通の白飯で。

「ところで、この白身魚は何の魚なんだい？」

リック料理長がモグモグと味わいながら、莉奈に訊《き》いた。

シュゼル皇子に渡された魔法鞄《マジックバッグ》から取り出したのだから、魔物には違いないが何だろうと、ある程度は想像し覚悟はしていた。

覚悟はしていたが――

「あぁ、コレ？」

「うん」

「〝リヴァイアサン〟」

「「「え？」」」

「リヴァイアサン」

「「「え⁉」」」

「だから、〝リヴァイアサン〟」

「「「……」」」

実際、莉奈の口から耳にしても、何故か頭が現実を受け入れない。

皆は自分の耳が信じられないのか、莉奈に繰り返し訊いた後、一斉に固まっていた。

魔物だとは思っていたが、コレが神龍リヴァイアサンの切り身だとは思わなかったのだろう。絶句を通り越して、息まで止まっているかの様に動かなくなってしまった。

いつも煩いくらいの料理人達が、もはや石像の様である。

それほどまでに、衝撃だったのだろう。

「リヴァイアサンって、美味しいね？」

「「「……」」」

莉奈は、そんな皆などお構いなしに、もう一切れ口にしニコリと笑った。

リヴァイアサンの身は、色はともかく味はサーモンみたいでスゴく美味しい。

醬油を弾く程の脂。だが、良質なのか後味はスッキリしていてしつこくない。表面を少し炙《あぶ》ったら、香ばしさも増して美味しいだろう。

莉奈は、リヴァイアサンの切り身を薄く削ぎ切りにし、サラダにしようと考えていた。

「「「リヴァイアサン」」」

莉奈が鼻歌交じりに、サクサクとサラダ用に野菜を用意し始めていたが、料理人達は何度も反芻《はんすう》し呆然《ぼうぜん》としていた。

魔物を通り越して、〝神龍〟だ。

魔物は未だに抵抗があるが、リヴァイアサンとなると抵抗がどうとかいうレベルを遥《はる》かに超えていた。

今まで見た事もない上に、この先見る事も皆無だろう。そんな超稀《まれ》な魔物を今、口にしたのである。

なんだかよく分からないが、手足が驚愕と感動で震えていた。

そして、頭が冷静になってくると、美味しいとか美味しくない以前に思う。

――リヴァイアサンって、食べていいのか？

陸地に住む者達は、リヴァイアサンを魔物だと思っているが、海沿いにある村や町の一部では、リヴァイアサンは海の神様と崇め奉られている生き物だ。

だからこその、〝神龍〟リヴァイアサンだ。

そのリヴァイアサンを、今口にしてしまった。

海神様を食べて、バチは当たらないのだろうか？

そう考えたら、今度は別の意味で身がブルリと震えた皆なのであった。


「え？　何、震えてるの？」

サラダ用の野菜を用意した莉奈は、どちらかと言えば暑い厨房にいる一部の人が、カタカタと震えている事に気付いた。

窓の外を見たが竜はいない。入り口付近を見たが、フェリクス王もいない。一体何に怯《おび》えているのか莉奈には理解が出来なかった。

「いや」

「か、神様を食べてしまったんだなと」

特に漁師町から就職したダニーが、若干青褪《ざ》めている様だった。

「神様？」

「リヴァイアサンって、漁師町では海神様として崇められてるんだよ」

そう言って、ダニーが苦笑いしていた。

一見龍の様な風貌《ふうぼう》で、水に濡《ぬ》れた鱗《うろこ》は光り輝いて美しく、その姿が水面にチラッと見えれば、太陽光や月光を反射し神々しいらしい。

それ故に水神と崇める村も多いそうだ。

彼の生まれ育った村でも、リヴァイアサンは神様の様である。その神様を知らずのうちに口にした。それが、衝撃過ぎて固まっているみたいだった。

「誰に？」

「え？　誰って……もちろん、村の人だよ」

「なんで、神様って言ってるの？」

「なんでって……」

「え、もしかしてリヴァイアサンって……竜みたいに魔物から人を護ってくれてるの⁉」

莉奈がそう訊いたら、神様だと躊躇《ためら》いを見せていた人達は、アレ？　と何故か顔を見合わせていた。

「……いや、護ったり……しない？」

「……あれ？　むしろ、襲う事もあったり、とか？」

リヴァイアサンは王竜とは違って、人を襲わない訳ではないらしい。いや、よく考えたら人など微塵《みじん》も護る事はなく、言い伝えではむしろ襲う方が多かった気がすると呟《つぶや》く声がチラホラ。

それは神なのか？　と疑問の声まで上がっていた。

「あ。で、でも、あれだ。人を襲うのは、あの、その天罰的な……？」

「そうだよ。神様だし？」

「え、天罰？　誰が天罰だって言ってるの？　まさかリヴァイアサン⁉」

「「「……」」」

莉奈が驚愕《きょうがく》の表情で返せば、今度はウッと押し黙ってしまった。

莉奈に言われて気付いたが、天罰だなんて言っているのは人である。リヴァイアサンが人を襲ったのに、何故天罰だとその人を責めるのか。

客観的に考えれば、おかしな話だなと今更ながら思ったのだ。

莉奈は莉奈で、なんだとガッカリしていた。天罰なんて言うから、王竜みたいにリヴァイアサンも人の言葉を話すのかと思ったのだ。

「なんだ。人がリヴァイアサンを神だと崇めて、人が天罰だと言ってるだけ？　それって、もう人の意思だよね。なら、ネズミだって、このブロッコリーだって、誰かが神って言えば同じ様なものじゃん」

「「「ブロッコリー」」」

神龍と勝手に呼んでいるのも人ならば、それをそう決め付け勝手に崇め奉っているのも人間。

そのリヴァイアサンが人を襲えば、天罰が下ったと口にするのも人間なのである。しかも、リヴァイアサンを神様と崇めているが、リヴァイアサンが人に何かしてくれた事もない。

ダニーは、何故崇め始めたのだろうと、唸《うな》っていた。

「皆の者、良く聞くが良い。我がブロッコリー神が皆に告ぐ。我は塩茹《ゆ》でが良い。今日は塩茹でにしろ」

「ブッ。ブロッコリー神って」

「何言ってんだよ。リナ～」

「神託が塩茹で」

「神を食うなよ。神を」

莉奈がブロッコリーを持って掲げれば、皆は吹き出してしまった。

神だと言ったのに、食べるつもりでいるのだから、いよいよ可笑しい。

「まぁ、冗談はさておき。リヴァイアサンにしろブロッコリーにしろ、何を崇めるかは自由だよね。まあ私は、崇めても何もしてくれない神を崇めるくらいなら、フェリクス王や王竜を拝んだり崇めたりした方が絶対いいと思うけど」

「「……」」

莉奈がそう呟いたら、皆は完全に黙ってしまった。

確かに、と思うところがあるのだろう。

現に、魔物から護ってくれているのは、フェリクス王や近衛師団兵達であり王竜達だ。決してリヴァイアサンではなかった。

莉奈からしなくても、自分達を護ってくれる王竜やフェリクス王の方が、断然神である。

それに、莉奈は思う。

万が一でも、リヴァイアサンや神頼みなんかで願いが叶《かな》うなら、莉奈は血反吐を吐いて倒れるまで頼みまくるだろう。

〝時間〟を戻して、〝家族〟を返して、と。

皆が莉奈に正論を言われ、苦笑いしたり黙りこんだりしていると、食堂に面したカウンターから柔らかな声がした。

「ちなみにガイラース王国では真逆で、リヴァイアサンは〝悪神〟と呼ばれ忌み嫌われているんですよ？」

「「「……え??」」」

食堂の窓から、ひょっこり顔を出した人物がそう教えてくれれば、皆は違う意味で今度は絶句していた。

「リヴァイアサンは縄張り意識が強いので、魔物も人も関係なく襲いますからね。あまりにも被害があるとガイラースに限らず、大抵の国は強者の冒険者に依頼して、普通に討伐してもらってますよ？」

まぁ、莉奈みたいに食べたりはしませんがと、ほのほのと言ってのけるシュゼル皇子がそこにいたのだ。

いつからいたのだろうか。

変な事を言ってなくて良かったと、莉奈はビクッとしていた。

「世界には、色々な国や村がありますから、その数だけ神が創造されているんでしょう。この国では良く食べる鶏も、バルメシア国の北東部の村では生き神として祀られていますし、食べる事は勿《もち》論《ろん》、前を横切る事も出来ません」

「「「……」」」

「それだけ、人が創り上げた神は多いという事です。それ故に神も多種多様ですから、一番はもう生き物を口にしなければいい事ですかね。あぁ、そうそう、逆に神を喰らって崇める文化もあるんですよ？」

「「「神を食べる文化」」」

「まぁ、何を神と崇めるのかも、何を罰だと決めるのも大抵の場合は人ですし、神託だと伝えるのも広めるのも、結局は神ではなく人でしょう？　本当に神がいたとしても人を介する以上、その人が思いたいように伝えるのではないですかね？」

「「「……」」」

シュゼル皇子が淡々と説明すれば、皆は何も言えなくなってしまった。

神は皆に言葉は伝えない。必ず神官みたいな人に神託として伝えるのがセオリーだ。……という事は、それが真実かどうかも分からない。

だって、神官に都合の悪い話は、言葉にしないだろうしね。

そもそも、人それぞれで崇める神は違う訳だから、気にする人は、その生き物は口にしない方がイイって事だ。

それこそ、以前のポーションばかり飲んでいたシュゼル皇子みたいに。

そんな事を皆が各々考えていると、元気いっぱいの声が上がった。

「私は、リヴァイアサンが神でも何でも、美味しいなら食べるよ〜‼」

それもどうかと思うけど……。

神も何も気にしないリリアンがそう言えば、元からリヴァイアサンを神だと崇めていない料理人達からは苦笑いが漏れていた。

他の人が神だからと言っても、魔物である事に変わりはない。それすら、リリアンは気にもしないのだなと笑うしかなかった。

ただ、超稀な食材である事に変わりはないので、今度は違う意味で手が震えると、皆は言っていた。

あれだけ海神様だと騒いでいた漁師町のダニーも、信仰心が薄いのかどうでも良くなったのか、皆がリヴァイアサンの刺身に再び手を伸ばすと、その中にシレッと交じっているのだから笑っちゃうよね？

ダニーよ。あれだけ騒いだ海神様はどうした？

莉奈は、思わずそう言いそうになっていたのだった。

◇◇◇

「何かありました？」

神様問題が落ち着いたところで、莉奈はシュゼル皇子に訊《き》いてみた。

用もなく現れる事もある人だが、一応何か用があったのかなと。まぁ、アイスクリームをくれと言う可能性もあるけれど。

「真珠姫があなたを攫《さら》った原因が判明しましたので、一応報告をと」

シュゼル皇子がそう言えば、皆は不憫《ふびん》そうな表情をして莉奈を見つめた。

理由はともかく、あの連れて行き方はないと、皆でも思うらしい。

「何でした？」

「爪」

「え？」

「碧空《へきくう》の爪がキラキラしていて、不公平だと」

「……爪」

莉奈は一瞬、何の事か忘れていたのでぼ～っとしてしまったが、しばらくしてハッと思い出した。

「あ、ネイルアート」

そうだ。碧空の君の爪にネイルアートをしてあげたな。

部屋で大人しくしていろと言ったところで無理な話だし、真珠姫に見られてバレたのだろう。

あれ、キラキラしていたし、バレない訳がないかと、莉奈は苦笑いが漏れてしまった。

「リナは色々と思い付きますね」

爪を飾るなんて発想はありませんでしたと、シュゼル皇子はほんわかしていた。

「ガラスの欠片にああいう使い方があるのかと、感心しました」

「見たのですか？」

「真珠姫がやって欲しいと言うので」

参考までにと、シュゼル皇子は碧空の君のネイルアートを見た様だ。

やって欲しいとシュゼル皇子に伝えたのなら、シュゼル皇子が後はやるだろう。

なら、真珠姫も満足して落ち着くはずだと莉奈は胸《むね》を撫《な》で下《お》ろしていた。

碧月宮《へきげつきゅう》や厨房《ちゅうぼう》に突撃して来られても困るからね。

自分の番でいっぱいいっぱいなのに、他の竜なんて構ってられないもん。

コレで安心だと、莉奈は料理に集中する事にしたのであった。

「あ。後、先程〝石臼《いしうす》〟が届いたので、リナの部屋に届けておきましたからね？」

「はい？」

「石臼」

莉奈が作業に戻ろうとしていたら、その背にシュゼル皇子の声が聞こえてきた。

はて？　石臼とは何だろうか。莉奈はキョトンとする。

「石臼とは？」

そんな物を欲しがった覚えはない。

むしろ、碾《ひ》く物がないからいらない。

「チョコレートを作る道具でしたよね？」

違うーーっ!!

満面の笑みを浮かべるシュゼル皇子に、莉奈の心は絶叫していた。

石臼は何かを碾《ひ》いて〝粉末にする道具〟であって、チョコレートを作る道具ではない!!

もう、ヤダー。このチョコレートへの執着心。マジ怖い。

「いや、あの」

「あの？」

「道具があっても、材料……食材がなければ……」

「それはほら。リナが探して来てくれますから……ね？」

「……え」

もしかしなくても、フェリクス王に同行するのは確定ですか？

え？　カカオことカカ王、探さなきゃいけないの？

莉奈の背中には、嫌な汗が流れていた。

「探してくれますよね？」

ニコリと笑っているハズなのに、シュゼル皇子の圧が怖い。

「は……ぁ」

「リナ？」

「さ、探させて……頂きます」

「よろしくお願いします」

あれ～？　お願いされてしまったんですけど？

何この、NOと言えない圧力。

まぁ、でも……一生懸命探したと言えばイイかな。

「探したフリはダメですからね？」

「……は、はぃ」

莉奈の心なんて、当然のように見透かされていた。

――ヨシ。

全力で探すフリを頑張ります‼

莉奈は間違った方向に、気合いと誓いを立てていたのであった。

◇◇◇

「リナ、これどうするんだ？」

「え？　あ、うん？」

シュゼル皇子が去った後、莉奈は変な気合いを入れていたのだが、マテウス副料理長の声で現実に戻って来られた。

冷静になって考えなくても、カカ王の存在を知られるのは、もう時間の問題かもしれない。

バレ方によったら、投獄されるのもありだなと、莉奈はゴクリと息を飲んでいた。

「ところで、コレは何を作るつもりだったんだっけ？」

「「知らないよ～」」

シュゼル皇子が来た事により、莉奈の脳内から何を作ろうとしていたのかが吹き飛んでしまった。

ブロッコリーとリヴァイアサンの切り身があるが、何をしている途中だったんだろう？

首を傾げている莉奈を見て、皆は笑っていた。

「とりあえず、ブロッコリーは関係ないのでココに置いておこう」

莉奈はブロッコリーを細長いグラスに差して、作業台の前にある小さな棚の上に置いた。遊んでみただけで、今使う予定はなかった、はず。

ブロッコリーだけだとなんか寂しいので、その両隣には、お猪口みたいな小さなお皿を並べてみる。

「リナ？」

「祭壇作ってんなよ」

「ブロッコリー祀《まつ》らないでくれる？」

「「「食べづらいよ！」」」

いそいそと料理とは違う作業をしていたら、莉奈は皆にツッコまれた。

確かに、作業台よりちょっと高さのある棚に置いたブロッコリーは、神棚みたいだ。さっきまで、ブロッコリー神だなんて言っていたから余計である。

祭壇みたいにすると、なんでも神様みたいに見えてくるから不思議だ。

「さて、ブロッコリー神に見守られながら、リヴァイアサンの刺身……っと切り身は平らなお皿に並べるよ」

円を描くように並べるだけで、なんかオシャレにみえる。

フグ刺しみたいに透けてないから、柄のない白いお皿に並べてみたけど、白色と薄水色のコントラストは良く映えて、花のようで綺麗《きれい》だ。

「刺身？　そっか刺身とも言うんだったな。しかし、そうやって並べると全然印象が変わるな」

「やっぱりアイツには、盛り付けはさせないでおこう」

リック料理長が莉奈の皿を見て感心している横で、マテウス副料理長がため息を吐《つ》いていた。

莉奈の真似をしていたリリアンの皿は、薄切りのリヴァイアサンがあちらこちらと、グチャグチャにのっている。せめて、平皿に伸ばして並べればイイのに、グラタン皿みたいな深皿にざっくばらんにのせていた。

見た目って、ものスゴく大事だと思う。

だって、たとえ味が同じでも、見栄えが悪いと途端に不味く感じるのだから。盛り付けのセンスは必要ではないだろうか。

「で、円を描くように切り身を並べたら、その円の真ん中に好みの葉野菜をふんわりとのせる」

「ふんわり？　でも、食べやすい方がイイよね～」

「「「うっわ」」」

リリアンの様子を見ていた料理人達から、ドン引きするような声が聞こえた。

ふんわりとと説明されたにもかかわらず、リリアンはルッコラやチャービルなど、色んなベビーリーフを手で適当にちぎってのせていたのだ。

リヴァイアサンの切り身自体がボテボテと無残に散らばってるのに、葉まで変にちぎると、さらに汚く感じる。

リリアンの盛り付け方は、どうせ一緒に食べるからイイだろうと、カレーライスのカレーとご飯を混ぜて出すようなものだ。それくらいイヤだなと、莉奈は見ながら思った。

なんでも向き不向きがあるとは言うけど、リリアンはオリジナルに創作し過ぎて自爆するタイプだ。

アレは絶対にないなと思いながら、莉奈は玉ねぎを包丁で刻む事にした。

「後は上にかけるドレッシングを作る。玉ねぎは微塵《みじんぎ》切りにしてボウルに。そこにオリーブ油とレモン汁、後は醤油《しょうゆ》を入れて混ぜれば、簡単ドレッシングの出来上がり」

「それをかけるんだな?」

「うん。玉ねぎは苦手なら抜きで、ニンニクが好きな人はここに擦り下ろして入れるのもありだね」

莉奈はリヴァイアサンの刺身に、出来立てのドレッシングをスプーンで回しかけた。

「本来なら、このリヴァイアサンは薄切りにした後、塩を振ってしばらくおいてから使うと、魚の旨味が違うと思うんだけど……まぁ、コレはただの味見用だからそのままにした」

「なるほど。臭み取りだな?」

「う〜ん、たぶん? そうなのかな?」

リック料理長が魚のアラ出汁と同じ理由かと、頷《うなず》いていたのだが、莉奈は首を傾げていた。料理本にそう記載されていたから、そう作ってきただけで、正直言って理由など知らない。何故そうする必要があるのかなんて、記載されてない事も多いし、書いてあっても細かく覚えてなかった。

「さて、最後に黒胡椒《くろこしょう》をガリガリっとすれば、簡単〝カルパッチョ〟の出来上がり」

この切り身がリヴァイアサンっていうのが、なんかまだ頭で処理しきれてないけど。

だって、自分の知っている魚の身の色に、青色系ってなかったからね。

「色んな色があって、華やかだな」

「確かに。だけど、同じ食材で作ったハズのリリアンのは……微妙」

「盛り付けって、本当に大事だよね」

「随分と前に適当にやるなって怒られた事があったけど、アレ見てるとその通りだなって思う」

盛り付け方は食器選びから始まりちょっと違うだけで印象がガラッと変わる。

ドレッシングもほどほどにしたら良かったのに、リリアンのはスープみたいにヒタヒタなのだ。

リヴァイアサンがきっと泣いてるよ。こんな風になる為に倒されたのかと。

それを見て、味に直接関係ない視覚や嗅覚《きゆうかく》、食感など色々含めて料理なのだと、皆は再認識したのであった。

「味は同じだとしても、試食はリナのを食いたい」

そう誰かが呟《つぶや》けば、皆は大きく賛同し頷いていたのだった。

◇◇◇

「ん～っ。美味しい‼」

その後、いつもの通りに試食会となった。リヴァイアサンの試食は滅多にないだろう。

たまにコリッとする身だが、筋とは違いその食感がたまらなく美味しい。サーモンに似た美味しい脂が口一杯に広がり、レモン汁がサッパリさせる。ベビーリーフの優しい苦味が、リヴァイアサンの脂の甘さを引き立てて旨味をより感じた。

醤油は臭みを取り魚の味を引き立てるけど、このドレッシングは全てを一体化させる気がする。

どちらも美味しいが、こちらはレモン汁が入っているから、後味がスゴくサッパリである。

「醤油も美味しかったけど、こっちはこっちでガラッと違って、サッパリしてるからサラダ感覚だな」

「薄切りのパンにのっけても、美味しいんじゃない？」

「だな。醤油はご飯。コレはパンが合う」

「リヴァイアサン、すっげぇウマイ」

「あぁぁ～、リヴァイアサンなんて、この先いつ食べられるか分からないから貴重だよね」

「神を喰らって加護を貰《もら》うって、こういう事か」

「『なんか力が漲《みなぎ》る感じがする』」

力が漲るなんて言っているけど、リヴァイアサンの身には何の効力もない。【鑑定】で調べて視たから間違いない。

だけど、あの幻想の魔物とも言われているくらいに貴重な神龍を食べたという事実が、皆をそんな気分にさせているみたいだった。

「ベビーリーフをアボカドに変えても美味しいと思うよ?」

サーモンとアボカドのコンビは最強だもんね。

なら、味が似てるリヴァイアサンも間違いないだろうと、莉奈は思ったのだ。

「スライス玉ねぎとアボカド、それとリヴァイアサン。それをマヨネーズと……」

「マヨネーズか‼」

「もうマヨネーズは何にでも合うな」

「マヨネーズ最高‼」

莉奈が最後まで説明するまでもなく、マヨラーがバタバタと動き始めていた。

ちなみに、莉奈はそれなりにマヨネーズは好きだが、マヨネーズは何にでも合うとまでは思わない。

マグロの赤身に付けるとトロになるとか、ご飯にのせると美味しいとか色々言うけど、莉奈は何でもかんでもマヨネーズを付けたりしない。

そこまですると、もはやメインはマヨネーズだよね。

マヨネーズ好きによるマヨネーズの為の料理だと思う。

「リヴァイアサンが台無しにならなきゃいいけど」

それを見ていたマテウス副料理長が、ボソリと呟いた。

もう二度と口にする事が出来ないかもしれない貴重な〝リヴァイアサン〟を、大量のマヨネーズで和えるなんてと嘆いていた。

「お前達、その料理は〝神龍〟でなければダメなのか、もう一度よく考えて調理してくれ」

マヨラーの度を越したマヨネーズ使いに、さすがのリック料理長も苦言を呈していた。


「「「……」」」

リック料理長の言葉に我に返った皆は、作業していた手を止めた。

冷静に考えると、このリヴァイアサンの貴重な身を、マヨネーズ味にして食べる意味があるのかと思ったらしい。

だが、逆に一生に一度もない贅沢《ぜいたく》な料理だ。いや、だからこそ食べるべきではないのかと。マヨラー達の葛藤《かっとう》が目に見えた。

「確かにもったいないよね」

莉奈はウムと頷き、リック料理長の意見に賛同した。

確かに、リヴァイアサンの身は軽く数千人分くらいはある。

たっぷりあるんだから好きにしたら？　と言いたいところだけど、その行為は言うなればＡ５ランクの牛肉や大トロに、マヨネーズを付けて食べる様なものではなかろうか。

自分ならするかと言われたら、絶対にしない。

自分が大枚を払って買って来た物なら、マヨネーズを付けようが練乳を付けようが好きにすればイイと思うけど……コレは王竜が狩って来たリヴァイアサンだ。

マヨネーズが好きだからって理由だけで、マヨネーズをたっぷり付けるのは何か違う気がする。

「マヨネーズをたっぷり付けて食べたいなら、自分で狩り獲ってくればいいんじゃないかな？」

なら、誰からも文句は言われない。

莉奈は単純にそう思ったので、小さな声で言っていた。

「えっ……リヴァイアサンを……？」

「「「狩り獲る⁇」」」

「「「いやいやいや、絶対に無理でしょう⁉」」」

皆は一斉に手や首を横に振っていた。

リヴァイアサンどころか、弱小の魔物すら狩れる自信がない。莉奈の無茶振りに、皆は盛大なリアクションを返すのであった。

◇◇◇

「青い」

リック料理長達が作った夕食に加え、リヴァイアサンのカルパッチョを出したら、エギエディルス皇子が眉《まゆ》を寄せていた。

莉奈がこの世界で見知った野菜たちも、季節により主張の激しい色や模様になる。その時期になると、エギエディルス皇子はこんな表情をするって、リック料理長が言っていたなと、莉奈は思い出していた。

「綺麗な水色だよね？」

「なぁ、何の魚か知らねぇけど〝生〟だよな、コレ」

もはや色がどうこうより、刺身というか生魚だという事が気になるらしい。

エギエディルス皇子は渋い表情をしていた。

「王竜が獲って来てくれた〝リヴァイアサン〟の刺身だよ」

「「リヴァイアサン」」

途端に、フェリクス王とエギエディルス皇子は、一瞬時を止めていた。

竜達が莉奈に言われ、競って魔物や素材を集めて来た事があった。その中に、確かにリヴァイアサンもあった。

だが、その事を忘れていたし、いざ調理して出されると複雑である。

厨房《ちゅうぼう》でリヴァイアサンを見ていたシュゼル皇子は、そうだと分かっていたので、二人の反応にしてやったりという顔をしていた。

「まぁ、他にも料理はあるから、カルパッチョがダメなら……」

「悪くねぇけど、レモン汁より醬油《しょうゆ》じゃねぇの？」

莉奈が、渋い表情のエギエディルス皇子に他の料理を勧めていると、すでに口にしていたフェリクス王が何か違うとボヤいていた。

以前、イカの塩辛さえ気にせず口にしたフェリクス王は、今さら生の魚を出されたところで、躊躇《ためら》いはない様だ。

それが、たとえリヴァイアサンでも……である。

「醬油を足してみますか？」

当然、風味は変わるが、醬油を加えても味的に問題はない。

莉奈は、醬油が入っているミルクソーサーと小皿を用意した。

「後、白飯」

「糠《ぬか》漬《づ》けモドキもどうですか？」

魔法鞄《マジックバッグ》から、炊きたてのご飯を出すついでに、糖漬けモドキも取り出した。定番のキュウリとニンジンだ。

米糠は今、準備中である。寸胴鍋《ずんどうなべ》を使って糠漬けを作る予定だ。

「糠漬けモドキ?」

「パンとエールを混ぜた物に漬けた漬け物? ピクルスみたいな物ですかね?」

糠漬けが何だと言われても説明が難しいが、漬けるという意味ではピクルスと似ていなくもない。

そういえば、作るだけ作ってフェリクス王達には出した事がなかったなと、莉奈は思った。

シュゼル皇子も気になる様なので、小皿に取り分け差し出した。

「パンとエールで?」

「はい。パンとエール、後は塩ですね。本来なら糠漬けと言うように米糠に漬けるんですけど、米糠より手間が掛からないので、とりあえず」

莉奈が簡単に作り方を説明すると、フェリクス王とシュゼル皇子は興味深そうに口にした。

エギエディルス皇子は酸味のある物は苦手みたいで、ピクルスに似てるならいらないと言うので出していない。

王族の食堂に、ポリポリと心地よい音が響く。

口を開いてクチャクチャ食べる音は気分が悪いけど、お煎餅《せんべい》とかキュウリとかの、この咀嚼《そしゃく》音ってイイよね。なんか庶民的な感じで安心するのは、私だけだろうか?

まぁ、その音を出しているのが王族という点が、ちょっとこそばゆい様な奇妙な感じではあるけど。

「酸味はピクルス程ありませんけど、これはこれで美味しいですね」

「パンで漬けたのに、パンより白飯に良く合うな」

確かに言われてみればそうである。パンに漬けたのに、何故かパンよりご飯が欲しくなる味。

しかし、それにしても箸《はし》を器用に使うなと莉奈は感心していた。

莉奈に影響を受け、料理によっては箸を使うようになったので、シュゼル皇子やフェリクス王も箸使いはお手の物だった。

エギエディルス皇子はまだ苦手な感じだが、兄二人は器用にご飯や糠漬けモドキを摘んで食べている。

最近では、王達が箸を使用するのも、カトラリーケースに入っているのも普通の事だ。だが、箸が常備され始めた頃、莉奈はそれを見て、なんだかホッコリしたのを覚えている。


「スープも魚か」

スープを一口飲んだフェリクス王が、すぐにベースが何か分かった様で口端を上げた。

莉奈には珍しく魚尽くしの料理だが、肉派のフェリクス王の口にも合ったみたいだ。

良かったと莉奈は思いつつ、平らなスープ皿をチラッと見た。そこに、潮汁が入っている訳だけど、莉奈にはお碗《わん》でないのがなんだか不思議な感じだった。

「ギロチン？　とか言う魚のアラで出汁をとりました」

「〝断頭台《ギロチン》〟」

「〝ギロンチ〟な」

莉奈の適当な説明に、フェリクス王とシュゼル皇子は思わずスープを飲む手を止め、エギエディルス皇子は呆《あき》れた表情でツッコんでいた。

切られた魚の頭は、まさにギロチンがもたらす結果そのモノである。このスープにも漁師町のように、豪快に魚のアラがまるっと入っていたら、連想させるのは容易い。

言い方次第で、美味しいモノが一気に不味く感じる。

莉奈が作る料理はどれも美味しいのだが、その説明が大雑把過ぎると、皆は思う今日この頃なのだった。

◇◇◇

「リナ。何か届いたわよ？」

後片付けが終わった後、莉奈が碧月宮の自室に戻ると、ラナ女官長が侍女のモニカとともに待っていた。

自室の高そうなテーブルの上に、やたら重そうな石臼《いしうす》がデンと鎮座している。

「うっわぁ、マジであった」

冗談であって欲しいと思っていたが、本気で石臼が部屋に届いていたのだ。

内側に溝のある円柱の石が二個重なっていて、上の石には縦に刺さる様にハンドルが付いている。

TVでしか見た事がない石臼が、目の前にあった。

「何なのコレ?」

「〝石臼〟」

「え?」

「石臼」

「「……石臼」」

莉奈が無表情のまま説明すれば、ラナ女官長とモニカも唖然《あぜん》としていた。

一般庶民でも石臼を見る機会は少ないのだから、貴族である二人は見た事なんてないのだろう。

「……え? あれ? 石臼って……確かチョコレートを作る?」

「……だよ」

大分前に話したチョコレート作りの工程に、石臼作業があった事をラナ女官長は覚えていたらしい。石臼を見て若干頬が引きつっている。

「……原材料が見つかっちゃったの?」

ラナ女官長がキョロキョロしながら、莉奈にコッソリ耳打ちした。

真珠姫がカカオことカカ王を、莉奈に手渡したのを見ていたが、それがチョコレートの原料だとは二人は知らない。

だが、チョコレートを作る工程に、石臼をゴリゴリする作業があるのは莉奈から聞いていた。だから、とうとうチョコレートを作るのかと思ったらしい。

「……」

莉奈は思わず黙ってしまった。

あの時、真珠姫に貰《もら》ったのが〝カカオ〟だよ……とは言えない。

「……見つかって……はない」

「なら、何で」

「見つかったらすぐに作れる様に……」

「「あぁ〜」」

カカ王の存在を伏せて説明すれば、ラナ女官長とモニカは苦笑いしていた。

二人は莉奈が、まだカカ王の存在を知らないシュゼル皇子に、段々追い詰められていることも知らない。しかし、チョコレートを作る工程を少しだけ知っているから、何故か他人事には思えないようだった。

「もう時間の問題じゃないかしら?」

ラナ女官長が頬に手をあて、深いため息を漏らしていた。

一般庶民であれば当てもなく探すのは難しいが、彼は王族であり宰相様である。情報は簡単に手に入るし、自由に出来る資金も潤沢にあるのだ。

人を動かす権限も資金もあるのだから、最悪である。

さらに最悪なのが、彼が竜を番《つがい》に持っている事だ。カカ王のある場所さえ分かれば、文字通り飛んで行ける。

そして、莉奈がいるのだから、原材料や道具が揃《そろ》えば作れてしまう。それがいかに大変だとしても。

なら、シュゼル皇子が探さない理由がなかった。

「その時はよろしく」

莉奈は渋々、石臼を魔法鞄《マジックバッグ》に入れた。

部屋に置いたままでもイイけど、視覚による圧が強いから、気力が出ない。

「何、〝その時は〟って」

「死なばもろともでしょ？」

「「いやぁぁ〜っ‼」」

莉奈が力のない笑みを浮かべれば、ラナ女官長とモニカは叫び声を上げげた。

何故、一蓮托生《いちれんたくしょう》な事態になっているのか。

やはり本当に他人事ではなかった様だ。

シュゼル皇子には悪いが、カカオ豆など一生見つからなければいいのにと思う三人なのであった。

第6章　美味しいんですよ？

「「起きてリナ」」

　――翌朝。

　空が白み始めた頃、誰かが自分を揺さぶる声で目が覚めた。

「……も、少し」

「少しじゃないのよ。起きて！」

「眠いのは分かってるけど、お願いだから後で二度寝して‼」

　まだ眠いなと布団に潜り込もうとしたのだが、莉奈《りな》は半ば強制的に身体を持ち上げられ起こされた。

　いわゆる、人間によるリクライニングベッドであった。

「いつにも増して、強引だね」

　普通の侍女なら、主人に対してこんな強引な事はやらないだろう。

　だが、賓客用の宮に住まわせてもらっているとはいえ、莉奈とラナ女官長やモニカ達の関係は、主人と侍女というより友人か姉妹の感覚に似ている。

「眠いんですけど？」

まだ眠い莉奈が目を擦っている内にも、二人は莉奈をベッドから出して、手際良く着替えさせていた。

「なんなの？」

あの執事長イベールでも来たのかと思うくらいに、ラナ女官長もモニカもスピーディーだ。

莉奈の着替えや髪のセットが強制的に行われると、休む間もなく両脇に抱えられ、ズルズルと引き摺《ず》るように部屋の外へ連れて来られた。もう、莉奈には何がなんだか分からない。

「連れて来ました～‼」

「じゃあ、後は煮るなり焼くなりご自由に‼」

碧月宮《へきげつきゅう》の外へ出るなり、ポイっと放り出されて置いて行かれた莉奈。

人身御供の様だなと、呆れた様に見上げれば——。

そこに見覚えのある生き物が一体。そう、碧空《へきくう》の君である。

とうとう、眠りを妨げに来るなんて……。

「殴られに来たの？」

莉奈は思わず目が据わってしまった。

昼夜問わず、竜に関わると碌《ろく》な目に遭わない。

「どうして、そう物騒なんですか」

「物騒な顔した竜に言われたくない」

「……」

どういう意味ですか？　と不服そうな碧空の君だったが、莉奈を怒らせても良い事がないと反論の言葉を飲み込んだ。

「真珠姫の事でちょっと……」

「……私は一体誰の番ですかね？」

「……」

真珠姫に何があったか知らないが、莉奈は碧空の君の番なのだ。

真珠姫の事は、真珠姫の番に任せたらいい。あるいは、竜同士でどうにかして欲しいと莉奈は思う。

「と、とにかくコレをあげますから、付いて来てくれませんか？」

ご機嫌斜めの莉奈に碧空の君は焦りつつ、鼻先で何かを差し出してきた。

「ひっ！」

何を持って来たのだろうと、鼻先で差し出された入れ物の中を見て、莉奈は思わず反射的にのけ反っていた。

人が一人スッポリ入りそうな大きな籐《とう》の籠《かご》に、何か白い物体がウネウネしていたからだ。

……気持ち悪い。その一言に尽きる。

「そんなモノ、いらーーーーっん‼」

鳥肌が立ちまくった莉奈は、半歩どころかさらに数歩下がった。

ニシキ蛇くらいの大きさの白い何かが、籠の中で何匹か蠢《うごめ》いている。先程までの眠気や不審感など、全部吹き飛び、気持ち悪さだけが頭の中をしめていた。

碧空の君は何故、こんなモノを持って来たのか、莉奈にはまったく理解出来なかった。嫌がらせか何かの仕返しか、莉奈は叫び声を上げたい気分だ。

「え⁇」

一方、いらないと全力で拒否された碧空の君は、キョトンとしていた。

魔物まで喰らう娘だ。その莉奈が、まさか拒絶するとは、想像もしていなかったのである。

「いらない？」

「そんな気持ちの悪いモノ、いらーーん‼」

「気持ち悪い？　え⁇」


竜が小首を傾げる姿は、ちょっとコミカルで面白いが、今の莉奈はそれどころではなかった。

碧空の君は、自分の持って来たモノを見た。

平然と魔物を喰らう莉奈が、今更こんなモノくらいで気持ちが悪いと言う。それが、碧空の君には何度考えても分からない。

むしろ、自分達が食べているモノを気持ち悪いと言われ、ちょっとした衝撃である。

「美味しいですよ？」

「ギャーーッ‼　籠から出さないでーーっ⁉」

その生き物は正確に言えば、籠から碧空の君が〝出している〟訳ではなく、勝手に〝出ている〟のだが……莉奈にとっては同じ事だった。

「コレは〝ミルクワーム〟といって、ほんのり甘くて美味しいんですよ？」

「ンギャーーッ！　説明なんかしなくてイイからーーっ‼」

妙なところでマイペースな碧空の君は、莉奈が全力で拒否しているにもかかわらず、ミルクワームの説明をしていた。

だが、その説明を莉奈が、聞く余裕などなかったのは言うまでもなかった。

◇◇◇

簡単に説明すると――。

【ミルクワーム】とは、外見はほぼミミズな巨大な芋虫である。

碧空の君いわく、ほんのり甘くて栄養が豊富な〝食べ物〟だそうだ。この姿は幼虫だが、成虫になるとまったく違った形に変態し、表皮は硬い身体になり身は苦くなるとか。

莉奈はその外見から拒否しまくったため、【鑑定】を掛けて視る事はなかった。

ハッキリ見た訳ではないが、見た目は〝ミールワーム〟とも〝ミルワーム〟とも言われる幼虫の、超巨大版の様だった。

莉奈に言わせればアレは食べ物ではない。聞いていないから分からないが、おそらくこの世界の人も食べないだろう。

莉奈の記憶が確かなら、主に魚やペットの餌になる事が多い虫だ。

今まで莉奈は、竜に果物しかあげていなかったが……フェリクス王が以前、竜は昆虫類も食べると言っていた気がする。

そんな姿を見た事はなかったため、その事をスッカリ忘れていた。

ひょっとしなくても、宿舎にいない時に普通に食べていたのかもしれない。今改めて、碧空の君達はこんなモノまで食べるのかと、ゾッとした莉奈なのであった。

あのフェリクス王にも噛《か》み付く莉奈が、あんなモノに怯《おび》える意味が碧空の君には分からなかったが、あまりの形相にミルクワームを見えない所に置いて来ることにした。

どっかにやらないと、話を聞いてくれなそうだったからだ。

そうしてミルクワームを見えない所に置いて来たところで、ようやく本題となった訳だが……。

どうやら、真珠姫が泣いているらしい。

関わりたくないが、嫌がらせをされても困るので（なお碧空の君は好意だと思っている）、とりあえず見に行くだけ見に行く事にした。

真珠姫の宿舎の周りには、泣いている真珠姫に会うのは憚《はばか》られたのか、外から心配そうに見守る竜達がいた。

莉奈が来たことで安心したのか、パッと表情が明るくなった。

そんな期待の目で見られても困るのだけど……。

とにかく、そっと覗《のぞ》いて見ようと莉奈は中にゆっくり入って行く事にした。

◇◇◇

「うっ、えっ」

近付くにつれて真珠姫の泣き声が聞こえてきた。

シクシクと泣く竜の姿に、莉奈は人も竜も泣き方は一緒なんだなと独りごちていた。

何が悲しいのか今のところ分からないが、真珠姫の瞳《ひとみ》から大粒の涙がポロポロと流れ落ちている。

——うっわ。もったいない。

そんな真珠姫を見ても、普段から彼女に色々と被害を受けていた莉奈は、同情より探究心が優《まさ》ったのである。

魔法鞄《マジックバッグ》を素早くあさりながら、莉奈は真珠姫の流す涙の真下に歩み寄った。

「何をしているのですか？」

さめざめと泣いていた真珠姫が、莉奈の姿に気付きその涙を止めた。

「え？　いや、あの？」

手に持っていた寸胴鍋《ずんどうなべ》を、莉奈は慌てて魔法鞄《マジックバッグ》に戻した。

「私が悲しんでいるというのに、何をしていたのです？」

「何を嘆いているのかな～と、観察……じゃなかった、考えていました」

「〝鍋《なべ》〟を持って？」

「鍋を持って？」

慌てて隠したものの見られていたらしく、真珠姫は莉奈の行動を完全に怪しんでいた。

寸胴鍋を手にして、竜を見るなんて碌な考えではない。それが莉奈なら余計である。

しばらくの沈黙の後、真珠姫は莉奈の顔を噛まんとばかりに、大口を開けた。

「どうどう、真珠姫」

「私は馬ではありません！」

宿舎の中を覗いていた竜達は、そのやり取りにヒヤヒヤしていた。

不機嫌な真珠姫にも、莉奈は全く動じずいつも通りなのだ。竜でさえ真珠姫には気を使うのに、人である莉奈の方が堂々としている。

何かあったらどうするのだと、竜達はビクビクしていた。

ちなみに、何かあったらとは、「莉奈に何かあったら」という意味ではないのが、竜達の莉奈への認識の可笑しな点であった。

「何で泣いてたの？」

まさか、竜の涙が何かに使えるかと思って、急いで寸胴鍋で受け止めていました……とは言えない。

なので、寸胴鍋から気を逸らすため、莉奈は何事もなかった様に話を進めた。

豪胆かつノープランで生きている莉奈は、まぁ、喰《く》われたら喰われた時だろうと、内心思っていたのである。

「……」

話を逸らされた真珠姫は、一瞬押し黙っていた。

だが、莉奈が隠した寸胴鍋を追及するより、まずは自分の話を聞いて欲しかった真珠姫は、それをなかった事にした様だった。

カクカクしかじかで——とは端折り過ぎだが、真珠姫曰《いわ》く原因は爪にあると。

——前足、人でいうところの右手の爪を見せられた。

その大きな爪には、キラキラとした瓶の欠片……ではなく、リンゴやバナナなどの果物がくっ付いていた。

ガラスの欠片はないが、綺麗《きれい》なガラス瓶も何個かくっ付いている。

だが、竜に施すネイルアートは、ガラス瓶の欠片を天然の水晶のように、トゲトゲと立体的に飾るから綺麗な訳で……これは違うと莉奈は思った。


【エリクサー】

ありとあらゆる傷や病を治す魔法薬。

瀕死《ひんし》状態でも正常化させる。

聖樹の実から、特殊な方法で作られた物。

別名〝神々の妙薬〟。


「……」

マジか。

なんか見た覚えがあるなと、真珠姫の爪にくっ付いているガラス瓶を何気なく【鑑定】したら、まさかのエリクサーだった。

【高級ポーション】

身体の大きな欠損や傷を、ほぼ正常に治す魔法薬。

マナの葉とエーテルを特殊な配合で作った物。


なんなら違う瓶は、莉奈も見た事のない高級ポーションだった。

こんな物を竜の爪に貼り付ける、シュゼル皇子の意図が分からない。

「何故」

莉奈はつい口からポロッと漏れてしまった。

本能の赴くままに行動する事はあっても、何も考えてないって事はあの宰相様に限ってない……ハズ。美意識やセンスはさておき、何か考えがあってこういうモノを付けたのではと、莉奈は思った。

「万が一の事を考えて……と」

そう言って真珠姫は、再びメソメソと泣き始めてしまった。

「……万が一」

リヴァイアサンまで倒せる種族の万が一とは？

それはもはや、世界の終わりではないのか？

莉奈は唖然《あぜん》とするのであった。

——そうか。

コレは、飾りと実益を兼ねた〝非常袋〟的な意味合いのネイルアートなのだ。

お腹が空《す》いたら果物食べて、怪我を負ったらポーションを使って……。

……うん。

フェリクス王の言葉を借りるなら、まさに〝イカれてやがる〟である。

魔王《フェリクス王》は例外だとしても、この世界で最強の生き物が竜ではないのか？　何故、その竜に非常袋なネイルアートを施した。

何歩か譲ってヨシとしても、エリクサーの瓶なんか戦闘中に簡単に割れるでしょ。

「真珠姫……愛されてるね」

「……ただアホなだけですよ」

何はともあれ、シュゼル皇子は真珠姫の身を案じているのだろう。

莉奈が空笑いしていれば、真珠姫が盛大なため息を吐《つ》いていた。

自分を大切に思う気持ちはありがたいが、その方向が盛大に間違っている。真珠姫は色々な意味で悲しかったらしい。

「早く食べないと、果物は腐るんじゃない？」

だって、くっ付いているの生の果物だし、防腐処理なんてされてないだろう。放っておけば、腐って臭う事間違いなし。

「今、食べろと⁉」

莉奈が何気なしに言ったら、真珠姫が目を剥《む》き出《だ》しにして怒っていた。

泣いたり怒ったりと忙しい竜である。

「まぁ、とりあえず……エリクサーと高級ポーションはもったいないから取ってあげるよ」

王竜と同じくらいに強そうな真珠姫に、こんな大層な魔法薬なんて使う機会はないだろう。使う前に割れる可能性しかない。

シュゼル皇子には後で言うとして、先に取ってしまおうと莉奈は思ったのだ。

以前、碧空《へきくう》の君のネイルアートの時に、接着剤と一緒に貰《もら》った剥離《はくり》剤が魔法鞄《マジックバッグ》にあったから、それで取ってあげるか。

「全部取って下さい‼」

「えぇ～っ」

「爪に果物なんていりません‼」

「……それを――」

それを言ったら、竜にネイルアートもいらんでしょうよ。

莉奈はついそう言いたくなってしまったが、ものスゴい形相の真珠姫を前に、喉《のど》から出かかった言葉をゴクリと飲み込んだ。

ヒヤヒヤしながら見ている竜達にも申し訳ないし、ここは大人しく真珠姫の爪を元通りに戻してあげる事にした。

——作業をする事、十数分。

とりあえず、何も付いていない状態に戻った。

「ちょうどいいので、碧空のみたいに爪を飾って下さい」

ホッと一息つく間もなく、莉奈の頭の上にそんな言葉が降って来た。

偉そうに……。何がちょうどいいのかな。面倒ではないか。

「あなたは口を開けば面倒面倒と‼　この女王たる私の爪を綺麗に出来る誉れを——」

思っていた事が口に出ていたのか、莉奈がブツクサ言っていれば、真珠姫は自分を綺麗にする事を誇りに思えとホザいて……いや、言っていた。

何故、真珠姫を綺麗にする事が私《リナ》の誉れなのか、莉奈には理解不能である。莉奈に言わせれば、ただやって欲しいだけだろうと文句しか出なかった。

「何が〝誉れ〟なんだよ。ただの我儘《まま》じゃん」

「……なっ‼」

「誉れだなんてそれらしい事言ってないで、素直に言葉にした方が可愛いと思うけど？」

フンと鼻を鳴らして偉そうに言う真珠姫に、莉奈は鼻で笑い返してあげた。自分の番の相手だけでも大変なのに、二頭なんて面倒過ぎる。

莉奈が何を言っても動じないと分かった真珠姫は、おずおずとしていた。

「……う、碧空のみたいに爪を綺麗にして下さい」

「面倒だから嫌です。以上」

真珠姫の面倒な願いをブった斬り、莉奈は帰ろうと踵《きびす》を返した。

大体、シュゼル皇子が一生懸命やってあげたネイルアートを、莉奈は許可もなく剥《は》がしてしまった。忘れない内に謝罪をしておかねばならない。

「な、な、あなたが素直に言えばやると言うから言ったのに⁉」

「やるなんて一言も言ってなーーい‼」

真珠姫と莉奈はモメにモメ始めていた。

碧空の君は数歩下がり、盛大なため息を吐き静観する事にした。

竜とケンカする人間は、後にも先にも莉奈だけだろう。その内容が実にくだらないから笑いも出ない。

碧空の君はさらに数歩下がりながら、自分の右前足（右手）をチラッと見てニヨる。

莉奈は竜とケンカする程豪胆だ。

だが、彼女のおかげで質素でつまらなかった部屋はカラフルで可愛くなったたし、素っ気なかった食事も華やかで楽しくなった。

オマケにこのネイルアートは、キラキラしてスゴく美しい。

真珠姫と言い争う莉奈を見て、番にして良かったなと、碧空の君は暢気《のんき》に独りごちていたのであった。

◇◇◇

「リナくらいなもんだよ。竜とケンカするなんて」

「ん？」

途中から見ていた近衛師団兵のアメリアは、莉奈と竜のやり取りに絶句し感服していた。

「リナの魔法鞄《マジックバッグ》の中は、冒険者でも手に入れられないくらいの量の素材だらけだな」


——そうなのだ、結局。

あまりにもギャーギャーうるさいので、真珠姫の爪にもネイルアートを施してあげたのだが……

そのお礼にと鱗《うろこ》をくれたのだ。

光の加減で七色に輝く真珠姫の鱗は、王竜とはまた違いとても綺麗であった。

そして、一部始終を見ていた他の竜達も騒ぎに騒ぎ出し、根負けした莉奈は同じ様にしてあげたのである。

真珠姫が鱗をあげた事もあり、当然自分達もあげるべきだろうと思った竜達が、対価として次々と自分の鱗を置いていくから、莉奈の魔法鞄《マジックバッグ》の中は竜の鱗で溢《あふ》れていた。

「これならフェリクス王に放り出されても、生きて行けるかな？」

莉奈は魔法鞄《マジックバッグ》を軽く撫《な》でながら、ホクホクしていた。

竜の鱗だけでなく、魔物の素材も意外と豊富に入っている。

売る気はないが、この鞄自体にも価値はあるのだ。莉奈はその辺の商人や冒険者より、貴重な素材を保有していた。

だから、そう思って言ったのだが、アメリアは苦笑した。

そもそも追い出される事をしなければイイのだが、莉奈にはその概念はないらしい。

「魔法鞄《マジックバッグ》を取り上げられなかったらな」

「あぁ～」

アメリアにそう言われて莉奈は嘆いた。

それもそうだ。

くれたと言っても、放り出されるときはさすがに取り上げられるだろう。そもそも放逐されるくらいの事をしたら、魔法鞄《マジックバッグ》がどうこう以前に首が飛ぶのでは？

命があったとしても、このヴァルタール皇国からは確実に追い出される訳で……楽な暮らしなんて絶対無理である。

——ぐぅぅ。

「お腹鳴ってるよ？」

アメリアが莉奈を見て笑っていた。

莉奈同様に元気なお腹だと。

「朝食食べてないからね」

早朝に碧空の君に呼ばれて、今現在までずっと他の竜達のネイルアートをしていたのだ。

妙にこだわりを持つ竜達の爪の飾り付けに、時間も労力も掛かったのは致し方ない。

莉奈はお腹をさすりながら、宿舎を後にした。

宿舎の前の竜の広場では、雌の竜達が日向ぼっこを楽しんでいる。

爪を見せ合ったり、自分の爪を見てウットリしたりと、人間と変わらない。余程気に入ったのか、莉奈を見かければ竜達が改めてお礼を口にしていた。

疲れたけど、満足してもらえたのならヨシとしよう。

ただ、もうやりたくないなと莉奈は苦笑いが漏れていた。

◇◇◇

莉奈は昼食の前にやる事があったので、聖樹のある場所に来ていた。

相変わらず、元気にそびえ立っている。あまりの高さに、近くからでは聖樹の天辺は見えない。

「干からびた聖木が、こんな姿になるなんてなぁ」

一緒に来ていたアメリアが、聖樹の神々しい姿に呆《ほう》けていた。

警備兵のアンナが竜を持った事にも驚きだったが、その竜が聖木をブッコ抜いて来たのだから、さらに驚愕《きょうがく》であった。

〝類は友を呼ぶ〟を身をもって実践しなくてもイイだろうと、皆嘆いていた程だ。

さすがにこんな事態を起こした竜のポンポコは、半ギレしたフェリクス王により、一週間の謹慎処分となった。

だがその最中に莉奈が聖木を聖樹にしてしまった。

聖木を抜いたどころの騒ぎではなくなった……という訳だ。

とりあえず厳重注意となり、ポンポコはあの無限の闇から出されたのであった。

但し、次はない。

次に何かしたら、素材処分にされるだろう。

「で、リナ。それは何？」

中庭のガゼボに干してある〝何か〟を、莉奈が片付けている。

アメリアは聖樹も気になるが、莉奈がしている事も気になっていた。

バットの上に並んでいる小さくて黒い、乾燥している何かはなんだろうかと。

「〝タピオカ〟」

「タピオカ？　タピオカって何？」

「キャッサバっていう植物の根のデンプンから作った物？」

「なんで疑問系なんだ？」

「だって、作った事ないし」

そうだとＴＶで見た事があっただけで、確かな知識などない。

長芋に似た形をしたキャッサバの根茎のデンプンから作るのだ、としか知らなかった。

「え？　作った事ない？」

「うん」

「なら、コレは誰が作ったんだ？」

アメリアはバットに並んでいる〝タピオカ〟を指差した。

コレは莉奈が作った物ではないのなら、誰が作ってここに置いたのか。

「えっと、誰も作っ……てはない？」

「はぁ？　誰も作ってない⁇　え、じゃあコレは何でここにあるんだ？」

「私が置いたから？」

「んん⁇　誰も作ってないけど置いた？」

「うん」

「え、どういう事⁇」

誰も作ってない物を、何故莉奈がここに置いたのか理解不能である。

アメリアの頭の中は、ハテナでいっぱいだった。

「タピオカって、キャなんとかから作るんだよね？」

「うん」

「これが、キャなんとかなのか？」

「違うよ。タピオカ？」

「だから、なんでさっきから全部疑問系なんだよ」

疑問系で答える莉奈の意味が、アメリアには全く分からない。

自分で作った物なら正直に言えばイイ事だ。嘘を吐《つ》くにしても、何故そんなややこしい嘘を吐《つ》くのか。

「まぁ、食べてみれば分かるよ」

「食べてからじゃ、絶対遅い気がするんだけど⁉」

いつもならすんなりと原材料を答える莉奈が、誤魔化すばかりで全く答えようとしない。

アメリアは直感で、何か嫌な予感がしていた。

「美味しいよ？」

「だから、なんでさっきから疑問系なのかな⁉」

莉奈が作った物ではない。他人が作った物でもない。

なのに美味しいと言う莉奈が、アメリアにはサッパリ理解出来なかった。

「タピオカじゃねぇからだよ」

アメリアの眉根《まゆね》が寄りに寄ったところで、アメリアの背後から声が聞こえた。


癒しのエギエディルス皇子だった。

「やだなぁ、タピオカですよぉ」

「語尾を伸ばすんじゃねぇよ。バカっぽい」

たまには可愛らしくしようかなと、とりあえず語尾を伸ばしてみたのだが、エギエディルス皇子には大不評であった。

確かに、語尾を伸ばすと頭がお花畑な感じはするよね。しかもイラッとするから不思議。

「え〜、エギエディルス様ったらぁ、ひどぉ〜い」

莉奈は胸の前で手を握り小首も傾げ、莉奈の中で想像する〝あざとい〟口調と仕草で言ってみた。

後は、相手の腕に胸でも押し付けたりすれば、小説や漫画だと大抵の王子や貴族の坊ちゃんは、ビックリするくらい簡単にコロッといく。

莉奈は、アホらしくてそこまではやれないけど。

「お前、スライム食って、イカれたんじゃゃねぇか？」

頑張ってやってみたのだが、同じ王子でも、エギエディルス皇子には何一つヒットしなかった。あくまで小説は小説で、エギエディルス皇子にコレは効かない様だ。むしろ、身をブルッと震わせ腕を高速で撫でていた。鳥肌がおさまらないらしい。

自分に対する扱いは酷いなと思いつつ、引っかからないエギエディルス皇子に莉奈は、少しだけ安心したのだった。

ただ、他の令嬢がやったのならという考えに至らないのが莉奈の悲しいところである。

「エドは立派な皇子になりそうだね？」

「は？　意味が分からねぇ」

変な事を言ったと思ったら、急に素に戻る莉奈。

イカれたと言ったのに褒められたエギエディルス皇子は、ますますブルッと身を震わせていた。

「なんだかんだ、タピオカが気になってるんでしょ？」

黒スライムなどを魔法鞄《マジックバッグ》にしまった莉奈は、エギエディルス皇子の肩を突《つつ》いてニヨついていた。

あれだけ拒否していたが、実は気になるから来たのだと思ったのだ。

「気にならねぇよ。大体スライムなんか誰が食うんだよ」

「エド」

「不敬の極みだ。牢《ろう》に入れてやる」

莉奈とエギエディルス皇子の奇妙なやり取りに、アメリアが顔を青くさせていた。

莉奈がエギエディルス皇子にする言動は今更だ。だが、話している内容がオカシイ。〝スライム〟

と言っていたからだ。

「え、タピオ……え、スライム⁇」

莉奈がタピオカだと言っていたのは、本当はスライムなのではと、気付いたらしい。

「あ、後で〝タピオカ風ミルクティー〟作ってあげるね？　アメリア」

「〝黒スライム入りミルクティー〟の間違いだろ」

莉奈がニッコリと笑う隣で、エギエディルス皇子が鼻で笑っていた。

タピオカ？　スライム？

アメリアの頭の中は大混乱である。何が正解で何が不正解なのか分からない。

「スライム……」

「やだな、アメリア。タピオカ〝風〟ミルクティーだって」

「お前、偽証罪で捕まえるぞ?」

「だから、あくまでも〝風《ふう》〟だって言ってんじゃん」

「詐欺師の常套句《じょうとうく》みたいな事、言ってんじゃねぇよ」

なんでも〝なになに風〟にして誤魔化せば良い訳ではないと、エギエディルス皇子は呆《あき》れていた。

「……」

スライムだタピオカ風だと、莉奈とエギエディルス皇子の異様な会話に、アメリアは唖然《あぜん》としつつも頭の中を整理してみた。

どうやらさっきのは黒スライムであって、莉奈が勝手にタピオカだと口にしているだけの様だ。

だから、タピオカ風であってタピオカではないのだろう。

いつもならはっきり答える莉奈が、疑問系で誤魔化し口を濁す訳である。

「リナは……スライムまで食べるのか」

ロックバードは鳥系。ブラッドバッファローは一応牛系の仲間だ。

だが、スライムはどこを遡《さかのぼ》ってもスライムである。

獣系でない魔物まで食べる気でいる莉奈に、アメリアはもう何も返す言葉が見つからなかったのであった。

◇◇◇

「リナ。それは何？」

　どこに行っても何をしても、莉奈は注目の的である。

　厨房《ちゅうぼう》に戻って来て、瓶の中に用意した砂糖水に乾燥させた黒スライムを入れていれば、誰からとは言わず声が掛かった。

「黒糖タピオカの素」

　あくまでもスライムだと言いたくない莉奈は、黒スライムをタピオカ風、あるいはタピオカの素と言う事にした。

「「「黒糖タピオカの素？」」」

　聞いた事もない食材に、皆は眉根を寄せたり、首を傾げたりしていた。

　これでも一応、王宮の料理人である。色々な食材に触れてきた。だが、黒糖タピオカの素など、聞いた事も見た事もない。

「冷たいミルクティーに入れて飲むと美味しいよ？」

　たぶん。

　まだ食べた事がないので、確証がない。だが、莉奈は何故か確信に満ちていた。

「シレッとスライムを普及させるのはヤメろ」

厨房に付いて来ていたエギエディルス皇子が、呆れ返《かえ》っていた。

ずっと付いて来るなんて、ストーカーか監視が目的ではないか。まぁ、当然後者だが。

「やだぁ、もうエギエディルス様ぁ」

「だから、その話し方もヤメろ」

「えぇ〜？」

「気持ち悪い」

さっきの延長で、ブリッ子風に言ったのだが、やっぱりエギエディルス皇子には不評らしい。

そんな莉奈の様子を、厨房にいた皆は怪訝《けげん》な表情をして見ていた。

スライムという言葉が頭に入らないくらいに、莉奈の様子がオカシイ。

「あ、リックさん。冷たいミルクティー作ってく……え？」

厨房にいつもいるリック料理長に、ミルクティーを作ってもらおうとお願いしようとしたら、額に手をあてられた。

「リナ。熱でもあるんじゃないか？」

「いや、変な魔物《モノ》でも食っただろう？」

「拾い食いでもしたの？」

「「「……大丈夫??」」」

リック料理長を筆頭に、心配の声が上がっていた。

冗談だとしても、いつもハキハキ言葉を口にする莉奈が、クネクネとしていたからだ。

ただ、大丈夫の前に〝頭〟が付いている様な間があったのは気のせいだろうか？

心配してくれるのは大変ありがたいが、心配の方向が違うと思う。

「不敬だ。エド、皆を牢に」

「却下だ」

莉奈がエギエディルス皇子のマネをしてそう言えば、即刻跳ね返された。

王族に甘やかされている莉奈とはいえ、何の権限すらないのが現状である。

そんないつも通りの二人のやり取りに、皆は安心し微笑ましく思う今日この頃だった。

◇◇◇

「「「スライムーーっ⁉」」」

莉奈がいつまで経っても、しらばっくれるだけで説明しないので、エギエディルス皇子が説明してしまった。

「えぇっ？　マジかよ⁉」

「砂糖水に浸けたって事は……まさか、食うつもりなのか⁇」

「ミルクティーとかって言ってたから、食うんだよコレ‼」

「だって、スライムだろ⁉」

「え、でも、食べるつもりだから、ココに持って来たんだよな」

「「「スライムをーーっ⁉」」」

厨房は異様なザワつき方をしていた。

初めて鳥の魔物ロックバードを食べると言った、あの時よりどよめいている。目の前で砂糖水に浸かる黒スライムを見ては、唖然となっていた。

ロックバードは良くても、スライムには抵抗感がある様だ。

莉奈には、皆のその基準がイマイチ分からない。

「口に入るモノなら何でも食べるのが、リナという生き物ですからね」

ミルクティーを作ろうとしていた莉奈の耳に、冷ややかな声が入った。

執事長イベールである。おそらくだが時間的に、王族の昼食を取りに来たのだろう。

「失礼じゃな――」

「大体、自宮《じきゅう》の敷地内で、勝手に虫を飼育するのはやめなさい」

「はい～？」

莉奈はイベールに失礼だと訴える途中で、オカシナ事を言われて目が点になっていた。

碧月宮の敷地で虫を飼うとはどういう事だろうか？　莉奈は虫など飼った覚えはない。飼う予定も勿論《もちろん》ない。

「碧月宮の近くで、〝クロパンゴミムシダマシ〟の幼虫が何匹か確認されたんですよ」

「え？　クロパン？」

「クロパンゴミムシダマシです」

「……何それ？」

「お前、スライムだけじゃ飽き足らず〝虫〟まで食う気かよ」

「いやいやいや、何の話？」

イベールに訊《き》かれ、エギエディルス皇子にますます怪訝な表情をされ、莉奈はさらに目を点にしていた。

一体、何の話をしているのかサッパリである。

「よく分からないけど、虫くらい王城にいくらでもいるんじゃ」

極寒の地、北極や南極でさえいるんだから、虫なんかどこにでもいると思う。

それを全部莉奈《わたし》のせいにするのは、御門違いである。

「クロパンゴミムシダマシは王城はもちろんの事、小さな村でも駆除対象に入る虫ですので、いるハズがない」

「え、でも虫なんだから荷物とかに紛れてって事も――」

「あんな大きな虫が、荷物に紛れて気付かない塵《ごみ》がこの王城にいるのでしたら、即刻スライムの餌にしますが」

「餌……いや、だって虫――」

「その〝虫〟を籠《かご》に入れて隠していたのはあなたでしょう？」

「……〝籠〟？」

イベールの言う話は全く心当たりがなく、莉奈は首を傾げに傾げていたが、〝籠〟と言われ眉《まゆ》を寄せた。

最近どこかで籠を見た気がしたからだ。

「〝籐《とう》の籠〟に入れて隅に隠してい――」

「あぁぁァァーーッ⁉」

籐の籠とイベールが言った瞬間、莉奈はハッとし思わず叫んでいた。

確か今朝方、碧空《へきくう》の君が持って来たのは大きな籐の籠ではなかったかと。

クロパンなんとかは知らないが、多分、あの〝ミルクなんとか〟という虫の話をしているのではと、莉奈はやっと気付いた。

ウネウネと気持ちが悪くて最後まで見ていなかったが、碧空の君は莉奈の視界から片付けただけで、持ち帰っていなかったのだ。

なので、あの籐の籠に入ったまま、今までずっとあの辺に放置されていたのだろう。

そうなのだ。異様なサイズだが、あれは魔物ではなく虫だった。確かに、あの大きさの虫が目に入らないなら大問題かもしれない。

放置されたままのあの虫を、巡回する警備兵が発見し、それが回り回ってイベールに伝わった……と。そして、王城で予期せぬ事＝莉奈の仕業という判断に至った訳である。

あながち間違いではないが、その方程式はヤメて欲しい。

「やはり、あなたが犯人ですか」

莉奈がまさかという顔をしていると、いつも冷たいイベールの纏《まと》う空気が、途端に氷点下まで下がった。

背景が凍って見える程にお怒りである。冷凍庫に入ったくらいに、莉奈の背中は冷えていた。

「いやいやいや、私じゃないですって‼」

「あなた以外に誰がいると？」

「あれは碧《へき》ちゃんが――」

「類は友を呼ぶと？」

「ちっがーーう‼」

碧空の君が勝手にやった事で、自分のせいではない。

だが、直接関係はないが、微妙に関係がある。どう弁解しようと、イベールに伝わる訳などなかった。

莉奈は強制的に食堂に連れて行かれ、説教タイムに突入である。まぁ、ラッキーな事にもうすぐ王族の昼食なので、長期戦にはならなかったのが救いであった。

「とにかく、後は自分で処理しておくように」

「……え」

何、処理しておくようにって。

あんな気持ちの悪いモノを、莉奈自身で片付けろと？

莉奈は耳を疑っていたが、イベールの次の言葉にゾッとする。

「部屋に置いておきましたから」

「……ぇ」

何だって⁇

部屋に置いておいただとーーっ⁉

「ちょ、ちょ、イベールさん待って‼」

待てと言って待つイベールではない。

莉奈が背後で叫ぼうが、何を言おうが、スタスタと厨房《ちゅうぼう》を後にしたのであった。

「イベールさーーん‼」

銀海宮《ぎんかいきゅう》に莉奈の悲しい声が鳴り響いたが、返事などある訳もなかった。

ならばと、振り返って見れば、付いて来たハズのアメリアも、エギエディルス皇子までいなかった。どうしようと助けを求める様にリック料理長達を見れば、慌てて目を逸らし忙しく料理を作っていた。

「え、虫だけに無視?」

「「「ぷっ」」」

莉奈の独り言に肩を震わせ笑いはしたが、目を合わせようとはしなかった。

案件が案件だけに、関わりたくないのだろう。

「ガンバレ」

「気合いだ」

目を合わせないままの無責任な応援はあったが、手伝うという選択はないらしい。

「マジか」

莉奈は愕然《がくぜん》としていた。

あんな気持ちの悪いモノをどう処理すればいいのか、まったく分からない。だが、片付けない訳にもいかない。

どうしよう、どうしたらいいんだ。


——そんな時。

莉奈は都合の良い考えが浮かんだ。

「あ、部屋の掃除は侍女達の〝仕事〟じゃないかな?」

違う。それは侍女の仕事の範疇《はんちゅう》を超えている。

皆はそう思ったが、なら手伝えと言われそうで黙っていた。

そんな皆をよそに、莉奈はラナ女官長達に任せようと考えたら、少しだけ心が軽くなったのであった。

——だが。

ラナ女官長達に怒られたのは言うまでもなかった。

◇◇◇

碧空の君がくれた幼虫ミルクワームは成虫になると、クロパンゴミムシダマシという甲虫になるらしい。

あの大きさの虫でも、魔物ではないのか。

魔物とそうでないものとの境目の謎は、莉奈の中でますます深まるばかりであった。

「片付けたぞ?」

ラナ女官長達が、そんな巨大な虫を片付けられる訳もなく、莉奈はとある人に頭を下げたのだ。

当然、フェリクス王ではない。いや、チラッとは考えたけど……。

「お手を煩わせ申し訳ありませんでした」

「お忙しい中、貴重なお時間をありがとうございます」

ラナ女官長と侍女のモニカが、至極恐縮した様子で頭を下げていた。

部屋の掃除とは違うが、管轄で言えば自分達の仕事だ。それを丸投げしたのである。頭を下げただけでは足りない。

だが、莉奈が頼んだ相手は寛大な人物であった。

「ははは。気にするな。からあげのメシにする」

「……からあげ」

そう、莉奈が頼んだのは、近衛師団長であり竜騎士団長でもあるゲオルグであった。

アメリアが見つからないのだから仕方がない。

警備兵のアンナの事も一瞬考えたけど、彼女に頼んだら……なんか部屋がメチャクチャになりそうな気がして、マッハで除外した。

しかし、彼は相変わらず自分の竜の事を〝からあげ〟なんて呼んでいるのか。怒られたのではなかったのかな。

「竜って、アレを食べるんですか？」

「大好物だ」

「あ、そう」

なら、碧空の君には悪い事しちゃったかな。

莉奈に真珠姫の事を頼む為に、大好物をくれたのだろう。

優しい子だ……とはいえ、気持ち悪いモノは気持ち悪い。

でも、後でお礼とお詫《わ》びを入れておこうと、莉奈は思った。

「そうだ。全部貰《もら》うのもナンだな。半分っこにしよう」

とゲオルグ師団長は言うが早いか、魔法鞄《マジックバッグ》に手を掛けた。

「「ギャーーッ!!」」

莉奈が叫ぶ前に、ラナ女官長とモニカが淑女もビックリな叫び声を上げていた。

それもそうだ。今やっと安堵《あんど》したのに、ミルクワーム再びである。気絶しなかっただけでも奇跡だ。

「碧ちゃんの宿舎に置いて」

「そうか？」

莉奈にそう言われ、ゲオルグ師団長は出そうとしていた手を止めた。

魔法鞄《マジックバッグ》をお前も持っているのだから、今入れればイイのにって表情するのヤメて欲しい。

質量がどうこうではなく、触れないからしまえないのだ。

触れるなら、ゲオルグ師団長をわざわざ呼ばない。

「あ、コレも料理してあげたら喜ぶんじゃないか？」

「え」

「輪切りにして、からあげにするとか？」

「……」

その言葉に莉奈は絶句していたが、ラナ女官長とモニカが卒倒してしまった。

今、その虫ことミルクワームを見てしまったのだ。きっと想像に容易《たやす》かったのだろう。

「そうだ。リナはスライムが食えるんだから、コレも料理して仲良く食べたらどうだ？」

「……」

ゲオルグ師団長が悪気もなく、あっけらかんと言うものだから莉奈は困惑し、思わず口を手で押さえた。

一見、白いミミズにも見えるミルクワームを食べるなんて、想像しただけでも吐きそうだ。

「そんな事を言うなら、今日の夕食に出しますよ？」

「……悪かった」

それを調理する気はまったくないが、そこまで言われたら莉奈はつい嫌味を返したくなった。

ゲオルグ師団長も食べたくないらしく、素直に謝っていた。さすがに自分が食べないソレを、無理に勧めたりしないらしい。

――ぐぅぅ〜。

「腹が鳴ってるぞ？　やっぱり食いたいのか？」

「違う」

変なタイミングで腹なんか鳴るから、ゲオルグ師団長が再び魔法鞄《マジックバッグ》に手を掛けていた。

どんなにお腹が減ったとしても、あんなミミズみたいな巨大な虫は食べない。

お腹が鳴ったのは朝食を食べそびれ、昼食もまだだったからだ。

「とりあえず、昼食を食べに戻ろう」

黒スライムも置きっぱなしで来てしまった。

誰も食べないとは思うけど、リリアンが余計な事をしないか心配だ。

第7章　ストローの代わりが欲しい

「あ、イイ感じになってる」

厨房に置いてきてあった瓶を見て、莉奈《りな》は笑みを浮かべていた。

カラッカラに乾燥し干からびていた黒スライムが、タップリと砂糖水を吸い上げプックリと戻っている。

小さなスライムと言われたらそれまでだけど、莉奈には四角い黒糖タピオカに見えていた。

「だけど、高級な砂糖をたっぷり使えるなんて、シュゼル殿下さまさまだよね」

甘味に目覚めてくれたおかげで、私財で購入して一定量を置いてくれているんだから。

シュゼル皇子のおかげで、スイーツは勿論《もちろん》、砂糖を使う事の多い日本食も作れるし、それらを皆で食べられる。

「何拝んでんだよ」

黒スライムの瓶に思わず手を合わせていたら、マテウス副料理長が苦笑いしていた。

「いや、砂糖を使えるのはシュゼル殿下のおかげだと思ったら、つい？」

「あ〜、それは分かる」

莉奈が拝んでいた理由を説明すれば、皆は納得していた。

だって、あの方が甘味にハマらなければ、砂糖を大量に使用する許可なんて、得られなかったからね。

「そういえば、こっちの神様も手を合わせて拝むの？」

神がどんなモノか知らないが、手を合わせたり土下座したりと、近い文化があるのは耳にした覚えがある。

だから、莉奈がちょくちょくやっている仕草も、余り違和感なくツッコんでくるのだろう。

「国や地域によるんじゃないか？」

「頭を下げるだけの国もあるし、膝《ひざ》を床につけて土下座みたいにする所もあった気がする」

「勿論、リナみたいに手を合わせる国もあるよ」

「変わったところでは、卵を投げる地域もある」

莉奈が訊《き》いてみたら、料理人達が色々と教えてくれた。

卵を投げるってなんだろう？　とにかく色々とやり方はあるみたいだが、一般的には拝礼が多いみたいだ。

「この国は？」

となると気になるのが、我が国ヴァルタール皇国である。

参拝する機会なんてなさそうだけど、知っておいても損はないので訊いてみた。

「『王城に向かって頭を下げる』」

「あ、そこは神様じゃないんだ」

まさかの返答に、莉奈はツッコまざるを得なかった。

王城に向かってなんて、想像もしていなかったからだ。

「〝皇帝は神と同位〟である」

「それがヴァルタール皇国だからな」

「ほら、この王城って山頂にあって天に近いだろう？　だから、そう伝えられているんだよ」

「祈りはどこにいても、王城に向かってやるのが通例」

「神龍と呼ばれる王竜もいるしな」

確かにと莉奈は思った。

死を司る冥界神《めいかい》はともかく、神は何故か地下にいるイメージはなく天上。

そして、住む場所も当然、地下ではなく天上だ。

なら、山の上にあるこの城は、シンボルにはうってつけである。

天空に近く雲に霞《かす》む幻想的な王城、優美で勇しく気高い竜……そして、魔物を寄せつけぬ美貌《びぼう》の王。

神に拝むより、御利益がありそうだ。

ならばこれから、就寝前にはフェリクス王のいる宮に向かって、一礼でもしようかな？

莉奈がそう思ったのはここだけの話である。

「さて、コレは美味しいのかな」

そんな事より今はコレである。

莉奈の言うコレとは、当然スライムの砂糖水漬けだ。

何事もまずは味見だ。莉奈は長いスプーンで瓶の黒スライムを掬《すく》い取った。

本気で口にする気かという視線が、莉奈の身体に突き刺さるが気にしない。そのままパクリと口に入れた。

「ん？」

この鼻に抜ける独特の風味と甘さ、お餅《もち》に似たモチモチとした食感。

やはり鑑定通り、味は紛れもなく黒糖タピオカである。スライムだと気にしなければ美味しく食べられる。

「お、美味しいのか？」

本当に食べたよとザワつく中、マテウス副料理長が戸惑いながらも訊いてきた。

自分が食べるか食べないかは別として、どうなのかは気になるらしい。

「ほい」

気になるなら自分の口で確かめろと、莉奈は小皿に黒スライムの砂糖水漬けを盛って差し出した。

「……」

途端に、頬を引き攣らせて半歩下がるマテウス副料理長。

莉奈が目の前で味見したにもかかわらず、口にしたくない様だった。

莉奈は呆《あき》れつつ細長いグラスに、この砂糖水漬けの黒スライムを入れ、キンキンに冷えたミルクティーを注いだ。

こうなると、莉奈の知る黒糖タピオカ入りミルクティーにしか見えない。

……が、ストローが欲しい。

味は同じだとしても、スプーンで掬って食べるのは何か違う。莉奈はキョロキョロしては、棚をガサガサとあさり始めていた。

「何してんだ？」

「穴の空いたモノを探してる」

ストローと言ったところで伝わるかなと思った莉奈の口から出たのは……超アバウトな説明だった。

「「「穴の空いたモノ」」」

ザックリ過ぎて、皆の頭にはハテナしか浮かばない。

何故、そんなモノを探すのかも分からない。だが、何かに使うのだろう。皆も探してあげようと周りを見ていると、愉快な声が一つ。

「なら、あたしの服は？　ホラ。脇に穴が空いてるよ～？」

リリアンが元気良く、右手を挙げていた。

おそらく何かに引っ掛けたのだろう。その右脇には、五百円玉くらいの穴がポッカリと空いていた。

何故そんな所に穴が空くのかと、莉奈がマジマジ見ていれば――

「「「着替えて来い‼」」」

速攻で皆に怒られたリリアンだった。


「何だコレ」

そんなリリアンを見送った莉奈は、棚にあった長細い瓶を見つけた。

中を覗《のぞ》いて見れば、フキみたいなモノが透明な液体にヒタヒタに浸かっている。

「あぁ、それは〝ルバーバル〟の塩漬けだよ」

「ルバーバル？」

「リナくらいの身長に伸びる野菜で、葉は食べないけど茎は、主にスープに入れたりサラダに使ったりする事が多い」

「ふ～ん？」

「そのままだと灰汁やエグ味がスゴいから、塩水で浸けてあるんだよ」

言われてみれば、スープに入っていた事もあったかもしれない。

灰汁抜きの為に、塩水に浸けておくのが一般的だと、リック料理長が教えてくれた。

このルバーバルとかいう野菜は、葉ではなく茎の部分を食べるとか。フキに似た茎は、親指より太く真ん中は空洞だ。

元の色は知らないが、コレは塩水に浸けているおかげか、鮮やかな紫色をしていた。

莉奈はそれを一本取り出し軽く水で洗うと、1センチ程包丁で切って口に入れてみた。

塩漬けというだけあって塩っぱいが、水を求める程ではなく良い塩梅だ。見た目や食感だけならフキだが、味はフキというよりウドっぽい。

もう少し水で洗えば、塩気もほんのり程度になるだろう。

「それで何か作るのか？」

莉奈が、ルバーバルを水で良く洗い始めたので、リック料理長が目を輝かせていた。

莉奈が新しい料理を作るのを見るのは、スゴくワクワクして楽しいからである。

「え」

だが、調理するのかと思ったら、さっき作った黒スライム入りミルクティーのグラスに、そのルバーバルを挿したのだ。

リック料理長だけでなく、皆唖然《あぜん》であった。

「ほうどイイ」

莉奈はルバーバルを咥《くわ》え、黒スライムミルクティーを啜《すす》った。

ルバーバルの大きな穴はストローみたいで、口にスポスポと黒スライムが入ってくる。スプーンで掬うより遥《はる》かにイイ感じだ。

黒糖タピオカ店もビックリなくらいに、ストローの役目をしてくれる。オマケに塩気が欲しくなったら、このルバーバルを食べればいいのだ。

ゴミが出ないなんて、エコなストローではないか。

「「「……」」」

そんな斬新な使い方をする莉奈に、一同絶句であった。

後にも先にも、そのルバーバルの空洞を使って何かを飲もうという発想は、莉奈しか思い付かないだろう。

斬新を通り越し、唖然である。

「美味しいの？」

コックコートの右脇に穴が空いているリリアンが、興味深そうに莉奈を見ていた。

「ほい」

莉奈は今作った黒スライムミルクティーのグラスに、ルバーバルを挿してリリアンに渡した。

リリアンがルバーバルをクルクルと回せば、ミルクティーのグラスの底に沈んだ黒糖タピオカならぬ黒スライムが、グラスの中を回遊する。

その姿に、皆は頬が引き攣っていた。

「んっ！」

皆が注目する中、怖いモノ知らずのリリアンはルバーバルに口をつけ、莉奈の言った通りに啜ってみた。

甘いミルクティーと一緒に、黒スライムがスポスポと口に入ってくる。その感覚にリリアンは、目を見張っていた。

何故なら、ストローも初めてなら、スポスポと口に何か入る感覚も初めてだったからだ。

「あははは‼　何コレ。面白楽しいし、超美味しい‼」

初めてロックバードを食べた時みたいに、あまりの衝撃にリリアンは壊れた。

この間食べたいももちみたいに、モチモチする食感が楽しくて、笑ってしまったのである。

「何で〜？　その辺にいるスライムが美味しいんですけど〜⁉」

莉奈に似て豪胆な彼女には黒スライムなど怖くないのか、ルバーバルでスポスポと吸っては、モグモグとしっかり噛《か》みしめ笑っていた。

「あはは、ルバーバルにスライムが詰まってるんですけど〜」

ストロー代わりのルバーバルに、少し大きかった黒スライムが詰まったのだが、それすらも楽しいらしい。

最後はルバーバルも食べて、黒糖タピオカ風ミルクティーをキレイに完食したのであった。

「マジか」

「スライムが美味しいの⁉」

「え、うそ～！　リリアンの味覚がオカシイとかじゃなく？」

「いや、だってリナが作ってんだぞ？」

「そうだよ。好みの問題はあっても、不味い事はないよな」

リリアンが黒スライムミルクティーを食べた事で、厨房《ちゅうぼう》は一層ザワついていた。

リリアンの味覚は信用していないが、莉奈が作ったモノには興味がある。個人の食の好みで賛否が分かれる事はあっても、全員が不味いと不評の料理はなかった。

「貰《もら》っていいか？」

ザワめいている中、リック料理長が挙手してきた。

魔物肉を食べる機会が増えて、魔物に対して嫌悪する壁が低くなってきたのである。しかも、莉奈もリリアンも目の前で食べていたのだ。

食を司る料理長として、ここは食べるべきだと探究心が勝った。

「スライムだけでいく？」

「い、いや、ミルクティー」

とは言え、スライム単品でいく勇気はまだないらしい。

莉奈が小さく笑いながら、黒糖タピオカ風ミルクティーをリック料理長に手渡せば、厨房からは息を飲む声が聞こえた。

リック料理長は一度息を吐くと、意を決した様子でストロー代わりのルバーバルに口を付けた。

「……っん⁉」

ほんのりとしたルバーバルの塩気の後に、濃いミルクティーと一緒にサイコロ状の黒スライムが、スポッと口に入ってくる。

ルバーバルの味は良く知っている味。普段はあまり飲まない濃いミルクティーも、想定内の味だ。

だが、その後にミルクティーと一緒に独特の風味が口一杯に広がった。

甘いのは、砂糖水に浸けていたから。しかし、この不思議な風味はなんだろうか？

黒スライムの風味なのだろうが、何故か嫌ではなかった。

スライムだと思うと嫌悪感は否めないが、違う食べ物だと考えて噛んでみれば、想像と違いモッチリしている。

食感で言うなら、この間食べたいももちに似ている気がした。

「スライムだと思うからアレなだけで、この不思議な風味の香りと甘さと食感は堪らないな」

「でしょ？」

「ルバーバルの塩気が、ミルクティーを塩キャラメルの様に引き立てて……この食べ方というか飲み方は面白い」

一口食べてしまえば後は気にならないのか、リック料理長はモグモグとしっかり咀嚼《そしゃく》して味わっていたのだった。

リリアンだけでは半信半疑だったが、リック料理長は別だ。リック料理長のその表情を見ていると、口にしてみたくなってきたのか、皆がそわそわとし始めていた。


「そういえば、黒糖タピオカとかって言っていたが、本来はどうやって作るんだ？」

莉奈が作ったのはタピオカそのものではなく類似品。

本来の物がどんな物か、リック料理長は知りたかった。

「えっと、キャッサバっていう植物の根茎のデンプンがタピオカ粉で、その粉に黒糖を混ぜて練ったのが黒糖タピオカ」

「黒糖って？」

「黒い砂糖？　しらん」

「え？」

「しらん」

「「「……」」」

タピオカの原料は詳しく知っているのに、黒糖は良く分からないと言う莉奈に、リック料理長達は唖然としていた。

やはり、莉奈の知識の境界線が分からない。

皆が唖然としていたので、莉奈は思わず笑ってしまった。

「確か……サトウキビの搾り汁を煮詰めた物が黒糖だよ」

「「「知ってるのかよ‼」」」

皆は思わずツッコんでしまった。

知らないと言いつつ、莉奈は実は知っている事が多い。知らないふりをするのは、ただ確証がないだけの気がしてならない。

「あれ？　〝モラセスシロップ〟も黒いけど……ひょっとして同じなのか？」

「モラセスって何だっけ？」

リック料理長が顎《あご》を撫《な》でながら言った呟《つぶや》きを聞いて、莉奈は訊《たず》ねた。前にも説明してもらった様な気がするが、とっさに思い出せなかったのだ。

「サトウキビの廃糖蜜《とうみつ》だよ。砂糖代わりにも使うけど、コレでラム酒とか造る」

マテウス副料理長も興味があるらしく、棚から瓶に入っているモラセスシロップを出して、簡単にモラセスとは何かを説明してくれた。

その説明を聞いて、莉奈も段々と思い出してくる。

「あ～廃糖蜜か。なら、なんか違う気がする」

「ん？　どういう事だ？」

「えっと……」

いや、厳密に言えば、この浮かんでくる記憶も、もしかして技能《スキル》の一環なのかもしれないなと、莉奈は何となく感じていた。

「モラセスシロップは、サトウキビから砂糖を作る時に出る廃糖蜜から作るみたいだけど、黒糖はサトウキビの搾り汁をまんま煮詰めた物なんだよ」

「なるほど。言い方は悪いけど、コレは出涸《でが》らしか」

「だね。丸鶏スープか鶏ガラスープみたいな違い？」

莉奈の最初の説明で理解したのは、リック料理長とマテウス副料理長だけだったが、後者の比喩《ひゆ》を使った説明で、他の料理人達も理解できたみたいだ。

ただ、リリアンの頭だけには、ハテナが浮かんでいる様だった。

白い上白糖があるのだから、その砂糖を精製する時に出る液糖から作る〝三温糖〟もありそうだが……あれは確か日本独自の砂糖だったハズ。

この世界にも米の酒〝ホーニン酒〟があるのだから、三温糖まである可能性はある。となると黒糖だって……。

そもそもモラセスシロップは、どうやって造るのだろう？

――と何気なく考えたら、頭に詳しい情報がパッと浮かんできた。やっぱり莉奈には【鑑定】以外の何か、技能《スキル》があるみたいだった。

――が、しかしである。

浮かんできたからと言って、その全てを理解出来るかは別だ。

情報を得ても読解力がなければ、1ミリも理解出来ず……この技能《スキル》はまったく意味がない。

極端に言えば、字を読めるようになった子供に、専門書を見せるようなモノ。あるいは足し算がやっとなのに、オイラーの等式と解き方を見せるようなモノ。もはや、怪文か暗号文に近い。

莉奈には使いこなせなそうなこの技能《スキル》。もし、シュゼル皇子にあれば？　とチラッと思った。

……が余計な技能《スキル》を持たせて、これ以上甘味に執着されても怖いので黙っておこう。だってあの方、人の技能《スキル》を複写《コピー》出来ちゃうからね。

しかし、【鑑定】と同じなら、この技能《スキル》も魔力を使用しているのだろう。なんだか知恵熱に似ていて頭が少し熱っぽいし、ズキズキしてきた気がする。

【鑑定】や【検索】など頭を使う魔法は、莉奈にはあまり合わないらしい。使い過ぎると、大なり小なり体調に影響がある様だ。

なら、使わなくて済むなら使わない様にしようと、莉奈は思うのだった。


「あ」

莉奈が何かを思い出した様に呟けば、リック料理長達が半歩下がった。

莉奈の〝あ〟にはもう慣れたが、今はスライムを口にした後だ。その〝あ〟が妙に怖かった。

「そのモラセスシロップをパン生地に入れて焼くと、独特な風味がついて美味しいよ？」

黒糖パンみたいなモノだ。

黒糖を入れるより風味が強く出るし、焼き色もキレイに出る。黒糖の風味が嫌いでなければ、パン生地に入れてもいい。

「そうか、パン生地か‼」

「酒に入れたり、果物にかけたりはしていたけど、パン生地はやった事がなかったな」

「王宮には、砂糖があるから余り使ってこなかったけど、この風味を活かせる料理なら、逆に砂糖代わりに使うのもアリか」

「私はコレ、あんまり好きじゃないけど、ヨーグルトにかける人もいるよね」

莉奈が提案すれば、それにヒントを得た皆は次々とアイデアを思い浮かべた様だった。

確かにクセはあるが、上手く使いこなせば砂糖の代用になる。

砂糖が高価過ぎて手に出来ない庶民の中には、割と安価なこのモラセスシロップを砂糖代わりにしている人もいるそうだ。

「やった事はないけど、パン酵母を作る時に入れる砂糖の代わりにも使えるんじゃないかな？」

発酵には砂糖の代用にハチミツを使うのもありなんだから、このモラセスシロップもありな気がする。

「なるほど！」

「パンの発酵を促すには糖分だもんな」

「確かに砂糖よりは安いもんな」

「……だけど、モラセスはラム酒やカシャッサの原材料だからなぁ」

「パンか酒かと言ったら」

「「酒だな」」

「……どうしてそうなる」

皆は何故か当然だと大きく頷《うなず》いていた。

カシャッサは初めて聞く名称だが、それもお酒なのだろう。そんな皆を見て、莉奈はこの国はどうかしているとため息を吐《つ》いていた。

感覚的には、日本でいうところの米か酒かの選択肢と同じなのだろう。

酒の飲めない莉奈は米一択だけど、酒呑《さけの》みは当然酒だよね。

アッチの世界もコッチの世界も、主食と酒の原料が同じとか……どうにかならないのかなこの方程式。

魔法や魔物が存在する世界なんだから、何からでも酒を造り出す魔導具や、魔法があったってイイのに。

莉奈は皆を見て、深いため息を吐《つ》いたのであった。

第8章　超メモネックス三原則

リック料理長が口にした事で、気になり始めていた皆の為に、黒スライムミルクティーを少しだけ置いて、莉奈《りな》は黒狼宮《こくろうきゅう》のとある一室に来ていた。

あの美味しさが分かれば、黒スライムの討伐者が増える事だろう。

子供でも狩り獲れるのであれば、小遣い稼ぎになるのではと、莉奈は思った。

弟みたいな幼い子供に、危険な事はして欲しくないが、それは平和な世界で暮らしている側の勝手な言い分だ。

狩りをしなければ暮らしていけない子もいるし、それが生業の人達もいる。食文化同様、色々あると思うしね。


――ただ。

そんな事より、莉奈には一つ気になる事があった。

「聖樹のおかげで、魔物がいなくなるのはイイけど……魔物が食べられなくなるのかな?」

ただでさえ魔王フェリクスのせい……じゃない、おかげで魔物が全く寄り付かない。オマケに魔物肉が美味しいと、皆も討伐しまくり始めている。

そこに聖樹の力である。

需要と供給のバランスは崩れる事だろう。

そんな考えや思いが口から漏れ出ていたのか、苦笑いと呆《あき》れる声がした。

「魔物を食べ物だと思っているのはリナだけですよ？」

「魔物がいなくなったら、他の食肉を育てられるんだぞ？」

「あぁ、魔物が簡単に食べられなくなるんですね」

「「ヴィル」」

そのとある一室には、シュゼル皇子とエギエディルス皇子がいたのだが、その他の一名から嘆きが聞こえていた。

――そう。

黒糖タピオカ風、黒スライムミルクティーを美味しそうに飲む、魔法省のヴィル＝タール長官である。

ゲテモノ……いや、珍味好きの彼にしたら、魔物消滅は非常事態かもしれなかった。

そんな彼を、シュゼル皇子とエギエディルス皇子が窘めていた。

魔物がいなくなるのを残念に思うなんて、魔法省長官としてダメな事である。

「ですが……このモチモチしていて美味しい黒スライムが、いなくなるのかもしれないんですよ？」

「スライムなんか食わなくても、生きていけるだろうが」

まだ嘆いているタール長官に、脚を組んでいるエギエディルス皇子が呆れていた。

ちなみに、シュゼル皇子とエギエディルス皇子は、黒スライムミルクティーを口にしていない。タール長官が跳ね上がる様に喜んでいたので、気にはなるみたいだが、グラスの底に沈んでいる黒スライムを見ると、一歩先へ踏み出せないらしい。

「そうですが……聖樹の聖力で瘴気が浄化されてしまえば……いずれスライムも」

「〝されてしまえば〟とか言ってんじゃねぇ。〝瘴気〟の浄化は念願だっただろう⁉」

魔物殲滅《せんめつ》、瘴気の浄化は、この世界共通の願いである。

なのに、魔物の味を知ったタール長官は、魔物殲滅より魔物が食べられなくなる悲しみの方が上回っている気がする。

エギエディルス皇子は思わず、何を言っているのだと言いたくなってしまったらしい。

だが、莉奈は魔物を食べる食べないより、初めて聞く「聖力」という単語と瘴気の浄化の話に耳を疑った。

「え？　聖力？　あの木って瘴気を浄化出来るの⁉」

〝聖力〟とは、主に聖女や聖者が持つと言われている聖なる魔法のことである。

もし本当に、あの木に瘴気を浄化する作用があるなら嬉《うれ》しい話である。

でも、莉奈の記憶が確かなら、【鑑定】で視た時にそんな表記はなかったハズだ。

「……お前、聖樹を【鑑定】したんじゃねぇのかよ?」

エギエディルス皇子が呆れ果てていた。

【鑑定】して視ていないエギエディルス皇子でも、〝聖なる力〟でピンときたのに、【鑑定】をした莉奈が何も分かっていない。

何のための【鑑定】なのだ。せっかく表記されても、それを視なければまったく意味がない。本を開いただけで読まないのと同じなのだ。

莉奈は〝ナニ〟を視ていたのだとエギエディルス皇子は呆れたのだった。

「え? 【鑑定】したけど、そんな事……書いてあったかな?」

莉奈は記憶違いかなと、もう一度よく思い出していたら、シュゼル皇子が小さく笑っていた。

「ありませんよ。【聖なる力】と表記されていただけですね」

「ん? それが聖力だとして、なら何故、浄化作用があると?」

「【聖なる力】とは〝聖女〟や〝聖者〟特有の〝聖〟魔法で、瘴気の浄化作用があるとされているんですよ。なので、聖樹の〝聖なる力〟も同じでは? と【検索】したら【瘴気の浄化作用】があると表記されてました」

「……ソウデスカ」

莉奈は何とも言えない表情をしてしまった。

同じように視られる魔法を持っていながら、莉奈は使いこなせていなかったのである。まさに宝の持ち腐れだ。

「ですが、即効性はない様ですし……何より王城《うち》には兄上がいますからね。やはり、ここはカカオ探しの旅に……」

「「「……」」」

だから何故、カカオにこだわる。

シュゼル皇子がブツブツと呟《つぶや》く側《そば》で、皆は深いため息を吐《つ》いていたのであった。


「ところで〝聖木〟って、世界には何本くらいあるんですか？」

カカ王探しの件は諦《あきら》めるとして、聖木は世界にどの程度存在するのだろうか。

莉奈は、フと疑問に思ったのだ。

聖樹がなかったのは知っているが、聖木が何本くらいあるのか全く知らない。

「う〜ん、世界は広いですからね。さすがに正確な本数までは。ヴァルタールには七本ありますね……まぁ、一本は聖樹になりましたが。後は……」

「近隣でいえば、南のガイリスには五本。東のウクスナは一本ありましたね」

シュゼル皇子とタール長官が教えてくれた。

魔物が生息している地域もあるので、厳密な本数と場所までは把握しきれないそうだ。王竜で世界を駆け回れるフェリクス王だからこそ、他国の聖木の生息地をある程度知れたとか。

冒険者として活躍していた時期もあり、情報を得る機会もあるのだそう。

「その聖木を聖樹に出来たら？」

「超メモネックスをかけて？」

莉奈の言わんとしている事を察したシュゼル皇子。

紅茶を一口飲み、意味深な笑みを浮かべていた。

その笑みが何を意味するのか莉奈には分からないが、莉奈は単純に、世界中の聖木が聖樹になれば、瘴気は浄化され魔物がいなくなるのでは？　と考えたのだ。

「言わんとしている事は分からなくもないのですが、そう簡単にはいかないのですよ」

そう言って、シュゼル皇子はさらに笑みを深めた。

「まず、他国となれば勝手に……とはいきませんし、もし提案するのであれば、その魔法薬の効力をハッキリ提示出来なければなりません。ですが、現時点では確実に聖樹になるのかも不確かな上、その効力も曖昧《あいまい》、弊害もあるやもしれない状況ですからね」

「……」

「そして、万が一の事が起きたとして、その責任はどちら側が持つのか」

難しい案件ですね、とシュゼル皇子は口にした。

確かに、超メモネックスをかけた全ての聖木が聖樹になるなんて、誰にも分からない。その効力も完全なのか分からない。

何か起きないとも限らないのだ。全てが分からないまま、他国に提案・提供することも出来ないだろう。

国を跨《また》ぐ話なのだ。そんな簡単な事ではないと気付くべきだった。そもそも莉奈が思い付く事など、シュゼル皇子が思い付かない訳がないのである。

妙案だと思ってしまった自分が、あまりにも無知で恥ずかしい。莉奈が落ち込んでいれば、シュゼル皇子がさらに話を続けた。

だが、その話に莉奈は今度こそ言葉を失ってしまった。

「まぁ、とりあえず効力や害が云々はおいて、無償で聖樹にすると提案したとしましょう。さて、全ての国や地域が諸手を挙げて喜ぶと思いますか？」

「「え？」」

「そうすんなり、お願いしますとはならないのですよ？」

莉奈とエギエディルス皇子は、その言葉に驚愕《きょうがく》を隠せなかった。

魔物がいなくなれば、皆は嬉しいのではないかと思っていたからだ。

「魔物で生計を立てていたり、利益を上げている者達もいますからね」

「「……」」

「身近なところで言えば、冒険者や対魔物の護衛隊は職を失うかもしれません」

「いや、だけどそれは、国境警備隊や地域の警備隊とか兵に転属させれば」

「エギエディルス。冒険者の収入っていくらか知っていますか？」

「……」

「兄上は……例外なのでおいておくとして。上位クラスともなれば、中位貴族の年収なんて軽く超えるんですよ？　なのに、その収入が半分かそれ以下に……仕方がないと素直に従うとでも？」

「「……」」

「しかも、その代わりに誰かの下に傅《かしず》けとか」

シュゼル皇子にそう言われ、莉奈もエギエディルス皇子もますます言葉に詰まるばかりだ。

フェリクス王は別格だとして、他の上位冒険者の収入も高いのだ。

その冒険者達が、素直に従うとは思えない。

冒険者は基本、どこかの国に所属したりしない。ギルドに籍を置いて、気に入った依頼主に雇われたり、ギルドにある依頼を自由気ままに受けたりするスタンスだ。

そんな冒険者が、誰かに従えるだろうか？

ましてや、腕に自信がある冒険者であればある程、警備隊や兵になるのは矜持《きょうじ》が許さないだろう。

腕っぷしも試せない上に収入も減る。しかも、今度はしっかりした上官が出来るのだ。自由がモットーである冒険者にとって、それは屈辱でしかないだろう。

「冒険者がいなくなれば、武器屋だって必然的に売り上げは激減しますし、そこに卸している下請けや職人達の行き場もなくなるでしょう」

「「……」」

「まぁ、そこを上手く扱って抑えるのが、王族や貴族達の職務だと言われたらそれまでですが……残念ながら、その王族や貴族達も、魔物の恩恵を受けている一部ですからね」

「「……」」

「そもそも魔物がいなくなるとして、それが自然なものか作為的なものかで、皆の反応も、国のやるべき事もガラッと変わるんですすよ？　偶発的なものなら税額や雇用問題なども、スムーズにいく可能性はありますが、それが意図的なものとなれば、ある程度国が強行しなければいけません。ましてや、魔物の恩恵がなくなるのですから、国としてもやるべき事案や課題は山積みです」

「「……」」

いくら念願とはいえ、魔物がいなくなって、簡単にわ～いとはいかないらしい。

冒険者どころか王家まで恩恵を受けているなら、素直に納得する訳がない。

絶対、どこかで弊害は起きるのだ。聖樹を勝手に折ったり、下手をしたら聖樹を燃やそうとしたりなどという輩が、現れる可能性も否定出来ない。

風が吹けば桶屋《おけや》が儲《もう》かるではないが、魔物が増えれば、それに関わる全ての人達がそれなりに儲かる。

全てが丸く収まる方法でもあればイイのに、と思う莉奈だった。

「まぁ、我が国は兄上がいるので、元より魔物が他国より少ない方ですし、今後瘴気がなくなり魔物がいなくなったとしても、他国に比べればさほど影響はないですけどね」

「……」

だから、お咎《とが》めなしだったのだろうか？

魔物がいなくなるのだからと、安易に考えてしまったが……他国だったら？　莉奈の背中に冷や汗が流れていた。

現実は世知辛過ぎる。小説や漫画の様に、魔物がいなくなり皆幸せになりました、とはならないみたいだ。

「リナ」

「はい」

「相談がないのはダメでしたけど、聖木を聖樹にした事はイイ事なので気にしないように」

「……はい」

とは言え、スゴく気になる。

瘴気がなくなる事で、そんな弊害が起きるとは想像もしなかった。

一見良い事に思えたその行動も、他国だったら極刑間違いなしだったのかもしれない。

「まぁ、一番厄介なのは……この世界の瘴気や魔物の存在が、完全になくなった後でしょう」

他人事の様にそう言うシュゼル皇子。

「暴動が起きるからか？」

「そんな些細《ささい》な事ではありません」

「え？　なら、何が厄介なんだよ」

「国同士のいざこざ」

「いざこざ？　なんで⁉」

シュゼル皇子の言葉に、エギエディルス皇子が目を見張っていた。

瘴気の浄化のために、聖女を召喚しようとしたのはエギエディルス皇子だ。それがたまたま、聖女ではない莉奈を喚んでしまったが、聖女だったら瘴気が浄化され平穏になっていたのではと信じていた。

なのに、争いとは穏やかな話ではない。

「エギエディルス。瘴気がなくなり世界は平穏になりました……とはいかないんですよ？」

「……」

エギエディルス皇子は愕然《がくぜん》としていた。

瘴気がなくなり、魔物がいなくなれば平穏な生活が訪れるのだと、ずっと信じていたからだ。

そんな末弟の頭を撫《な》でると、シュゼル皇子は話を続けた。

「我が国も含めて、隣国同士は決して仲が良い訳ではありません。それこそ、今ほど魔物がいなかった時代には、隣国間での争いは絶えず起きていたそうですし」

「「……」」

「今は〝魔物〟という判りやすい共通の敵がいる。だからこそ、世界はなんとなく一つの方向を向いているんです。それが、もしなくなったら？」

「次のターゲットに向く……ですか？」

「次の……というより、本来の、といったところでしょうか」

莉奈は漠然とだが、シュゼル皇子の言わんとしている事が分かってきた。

世界は今、共通の敵とした魔物殲滅《せんめつ》のために動いている。国の兵力を魔物のために割いているのだ。

だが、魔物がいなくなったら、その兵力を今度は何のために使うのか。国の治安のため？　街や村の整備？　そんな事に使うのだろうか。

ただでさえ不仲な国同士に、共通の敵が消えたのである。

ならどうなるのか。政治の事など全く分からない莉奈でも、すぐ頭に浮かんだ。そう、戦争だ。

あるいは、国同士でなくとも、反乱・内戦ということもありうる。

莉奈のいた世界でも、いつもどこかで起きているのだから、この世界でも起きうるだろう。莉奈はなんだか怖くなり、身がブルッと震えた。

瘴気が国を脅かしている様で、実はその瘴気が世界を守っている様にもとれたからだ。

「現に、リナがこの世界に来た時期には七つあった国ですが……半年程前に一つ増えましたしね」

「え？」

「ヴァルタールの東、グルテニア王国の一部が王国を離脱し、ウクスナ公国を興したそうです」

「……」

ウクスナとは、さっき聖木が一本あると言っていた東の国だろう。

その国は、最近興った国だそうだ。

この国の事でさえ分かっていない莉奈が、他国の事情など知る由もない。だが、国が二つに分かれたという事は分かった。

魔物がいなくなれば、そういった動きはさらに加速するに違いない。

莉奈がこの王城で、のほほんとしている間も世界では何か起きていたのだ。

何をやっても処罰せず、暢気《のんき》にいさせてくれる王族達に、莉奈は感謝しかなかった。

「……まぁ、色々話しましたが」

莉奈が内心、シュゼル皇子達を拝んでいると、シュゼル皇子がニコリと笑いかけてきた。

「いつまでも瘴気に脅かされていても、国は衰退する一方ですからね。聖樹があるというのは、我が国には良い作用だと思いますよ？」

「「……」」

怖がる莉奈を、安心させる様に言ったシュゼル皇子だったが――。

その言葉に含みがありそうだと、莉奈は感じていた。だって「我が国には」ということは、裏を返せば、他国はどうなるか知らないという事だ。表面上はほのほのとしたいつものシュゼル皇子であったが、その瞳《ひとみ》の奥にフェリクス王より恐ろしい何かを、莉奈は見た気がした。

仄暗《ほのぐら》いとはこういう時に使うのでは？　と莉奈はそんなシュゼル皇子を見て思っていた。

「リナ」

「は、はい」

シュゼル皇子に名を呼ばれ、莉奈の心臓はドクンと飛び跳ねる。

「それを踏まえた上で、超メモネックスは指示があるまで勝手に〝作らない〟、〝持たない〟、〝撒《ま》かない〟様に」

「え……は……ぃ？」

作らな……え？　何その、どこかで聞いた様な三原則。

「いいですね？」

「はい‼」

一瞬、ポヤンとした莉奈にシュゼル皇子がもう一度強く言う。その言葉の重さと笑みに、莉奈はさらに震え上がっていたのであった。

◇◇◇

〝瘴気がなくなり魔物がいなくなり、この世界は平和になりました〟。

めでたしめでたしとなると、莉奈は思っていたが、シュゼル皇子の話を聞いて愕然としてしまった。

言われれば確かに、どの立場から見るかで全く違った。

魔物がいるからこそ、恩恵がある職業もあるのだ。

エギエディルス皇子もそう思ったのか、シュゼル皇子の話に衝撃を受けている様子が見てとれた。

兄上達の様にもっと先見の明を持つべきだと、あれから走るように図書室に向かって行った。真面目なエギエディルス皇子の事だから、勉強が足らないと感じ、いてもたってもいられなかったのだろう。

莉奈は莉奈で思うところはあったが、とりあえず疲れた心を癒すために、とある場所に来ていた。

「アンナは何も考えないで生きてる気がするよね～」

「失礼じゃない⁉」

そう、碧月宮《へきげつきゅう》の近くである。

唐突に現れた莉奈に驚く間もなく、突然のディスりにアンナは目を丸くしていた。

莉奈が何故ここに来たのか。それは、何も考えていなそうな警備兵のアンナがいるからだ。

彼女の顔を見ると、何故かホッとする。

アホ……じゃない、アンナの元気な顔を見ると、たまに力を貰《もら》えるよね。奪われる事が多いけど。

莉奈はそんなアンナを見て、魔法鞄《マジックバッグ》をゴソゴソと。

「そうそう。黒糖タピオカ風ミルクティーを作ったんだけど、飲む？」

「飲むーーっ‼」

黒糖タピオカ風が何かなんて、アンナにはまったく気にならないらしい。

しかも、勤務中だろという、仲間達の視線があったのだが、アンナはお構いなしである。

莉奈は一緒にいた警備兵達にも、黒スライム入りミルクティーを手渡した。

「このグラスに挿さっているのって？」

「ルバーバルだよ」

「「ルバーバル？」」

警備兵がグラスに挿さるルバーバルを見て、訝《いぶか》しげにしていた。

まさか、冷たいミルクティーに、野菜が添えてあると思わなかったからである。何か意味があるのかと、莉奈の顔とルバーバルを交互に見ていた。

「そのルバーバルを咥《くわ》えて、ミルクティーを吸って飲むと面白いんだよ」

「「……面白い」」

飲み物や食べ物に面白さは必要なのかと、アンナ以外は少し首を傾げていた。

「ん⁇」

「何か、スポスポ入ってくる」

「何コレ、モッチモチ‼」

「確かに何か面白い」

「な‼　面白楽しい」

「初めて食べた味がするけど」

「「美味しい‼」」

飲み物を吸って、何かが入ってくる感覚が新しい。

この黒いモノも、今までにない歯触りと食感だ。そして、合間にちょっと食べるルバーバルの塩味がまた堪らない。

勤務中ではあるが小腹も減っていたので、この黒タピオカ風の何かが食べ応えがあってイイ様だ。

「この黒……なんとかってヤツ、なんだか知らないけど美味しいな」

「なっ？　モチッとしてて」

「黒いのって、何なんだ？」

莉奈が黒なんとかと言っていたが、聞いた事がない食べ物だった。

ルバーバルでそれを吸っては、モグモグとなんだろうと味わっている。

莉奈はそんな皆を見てニッコリ笑った。

「スライムだよ」

「「え？」」

「それ、黒スライム」

——ブフーッ‼

アンナはキョトンとしていたが、他の皆は一斉に何かを噴き出していた。

あ〜あ〜と唸《うな》りながら、お腹を摩ったり押さえたりしている。

何も知らずにお腹の中に、黒スライムを入れてしまったのだから、顔面蒼白《そうはく》である。

「美味しいよね。スライム」

また狩り獲って来ないと、予備が少ない。

クラゲに似ているスライムくらいなら、慣れれば莉奈でも解体出来そうだ。城壁の外でウロウロしているのであれば、黒スライム討伐をせねばと莉奈は考えていた。

「「「ス、スライムーーッ⁉」」」

食べてしまったが、まだ信じられない皆は、しばし呆然《ぼうぜん》としていた。

たまに冗談を言う莉奈の事だから、自分達を揶揄《からか》っているのかも……と希望的考えをし、莉奈を見た。

だが、莉奈はさらに良い笑顔を向けて、こう言ったのだった。

「うん。黒スライムの砂糖水漬け」

「「「……」」」

どうやら冗談抜きで、黒スライムらしい。

確かに美味しかったが、スライムだと聞いた後だと、口に出来ないのは何故だろうか。

皆が口を押さえて青ざめている中、楽しそうにスポスポと食べている人物が一人。

そう、強者のアンナである。黒スライムだと聞いても、まったく気にならないらしい。

「へぇ。黒スライムなんだ。黒スライムって美味しいね～？」

「「「……」」」

「甘くてモチッとしていて、ミルクティーと良く合うんだね～」

「「「……」」」

「色ナシも美味しいのかな～？」

「「「……」」」

他の色のスライムはどんな味がするのだろうと、思いまで馳《は》せていた。

他の警備兵は唖然《あぜん》である。

今、黒スライムを初めて食べた衝撃がスゴくて、そんな事を考える余裕などなかった。

食べていいモノなのか、なんてモノを食べさせられたのか。そんな憤りさえも、衝撃で全部吹き飛んでいた。なのに、アンナだけは違ったのだ。

コイツのスゴいところは、アホなのか豪胆なのか分からない、こういうところだろう。この黒い物体が黒スライムだと知っても、何食わぬ顔でモグモグと味わっている。

警備兵達は、そんなアンナを見て少し感心さえしてしまった自分に、さらにショックを受けていた。何故、コイツに感心してしまったのだと。

そして、何故か負けた気さえするから悔しい。

アンナだけには負けて堪るかとばかりに、グラスに残っていた黒スライム入りミルクティーを再び啜《すす》り始める姿が、そこにはあったのだった。

◇◇◇

「……ひっ！」

アンナのおかげで、莉奈は晴れやかな気分になっていたのだが――

そんな気分は再び、一気に沈んでしまった。

莉奈が食べるかどうかはさておき、大好物のミルクワームをくれた碧空《へきくう》の君。その彼女に気持ち悪いと拒否して申し訳なかったと伝えるべく、白竜宮《はくりゅうきゅう》の竜の宿舎に来てみれば――

そのミルクワームが、今まさに碧空の君の口先でグネグネと動いていた。

ゲオルグ師団長は、早速片付けてくれたあのミルクワームを碧空の君に返してくれたのだろう。ありがたい、大変ありがたい……が、碧空の君も貰ってすぐに食べなくても……。しかも、まさかの踊り食い。

竜が調理する訳がないのだから当たり前だけど、初めて見た莉奈の気分は急降下である。

「ん？」

人の気配に気付いた碧空の君が振り返ったが、すでにそこには誰もいなかった。

莉奈は謝りに来たものの、ミルクワームを口にしていた碧空の君を見て、反射的に猛ダッシュで逃げたのだった。

これが、肉を喰らっていたのならまだ気にしない。だが、あのミミズみたいな虫だけはイヤだった。あんな物を食べている碧空の君を見たくなかったのだ。

魔物まで喰らう自分が、竜の事を言える立場かと言われたら否だ。でも、イヤなモノはイヤなのだから仕方がない。

「……⁇」

食べる姿をチラリと見て、莉奈が爆走して去った事など知る由もなかった碧空の君は、一瞬キョトンとしたものの、まぁいいかとムシャムシャとミルクワームを食べるのであった。

「マジで食べてたよ」

ゲオルグ師団長があぁ言ってはいたものの、どこか信じきれずにいた莉奈だったが、実際に目撃してしまえば、信じない訳にはいかない。

最近やっと莉奈の中で、果物を食べたりする碧空の君が可愛いかもと思い始めていただけに、あの姿は衝撃的だった。

やっぱり可愛くない。

「あれ？　リナ？」

白竜宮まで爆走して来たら、外廊下で近衛騎士団所属のアメリアとバッタリと会った。

ぜぇぜぇと肩で息をする莉奈を見て、何事かと驚いている。

事情を説明すれば、アメリアも最近見た事があったみたいだった。

「私も初めて見た時には、なんとも言えない感じだったよ」

なんかエグいよねと、アメリアが空笑いしていた。

咀嚼《そしゃく》音がさらにエグいんだよと、いらない情報までくれるから、莉奈の気分はさらにドンヨリである。

「アンナは逆に、あの姿が可愛いって言うんだよ」

「……あ、そう」

あのアンナの凄《すご》いところはそういうところだと、莉奈は思う。

口の端から、ムニムニと動くあの姿。アレを見ても可愛いなんて良く言えるよ。

「竜は可愛いけど、何をしててもと……までにはならないんだよね」

「……」

さすがのアメリアでも、あの姿はちょっと引くらしい。

「それ、何持ってるの？」

そんな事を話しながらチラッと目線を下げて見れば、アメリアが木箱を抱えている事に、莉奈は気付いた。

蓋《ふた》がないので覗《のぞ》けば、割れた瓶やグラスだった。

「各宮の厨房《ちゆうぼう》とか、ゴミ捨て場を見に行ってガラスとかを貰って来たんだよ」

「割れた瓶？　何かに使うの？」

「何って琥珀《こはく》の爪に」

「……」

琥珀とは、アメリアの番《つがい》の琥珀の月の事だ。

莉奈がやり始めたからやるんだけど？　という目でアメリアが見るものだから、莉奈は思わず視線を逸らした。

莉奈が自分の竜にやるのは構わないが、竜騎士団はもれなく巻き込まれるのだ。アメリアは竜が可愛いから、さほど苦にはならないが……竜を飾る事に興味のない者達はため息を漏らしているらしい。

「仕事が終わったら爪を綺麗《きれい》にしてあげようと思って、師団長に許可を得て集めて来たんだよ」

ゲオルグ師団長や他の竜の為の材料も、ついでに集めて来たとか。

ゲオルグ師団長が〝からあげ〟と呼ぶ竜も、そういえば女の子だった。からあげなんて呼ぶから、その名にインパクトが強過ぎて雄か雌かも忘れてしまう。

「ゲオルグさん、からあげなんて呼んで噛《か》まれないのかな？」

「そこはさすがに、本人には言わないんじゃない？」

「……だよね？」

からあげなんて名前を付けられて、喜ぶ人も竜もいないよね。

アメリアもそう思ったのか、莉奈と顔を見合わせると苦笑いしていた。

「ゲオルグさんの竜って紫色でスゴく綺麗だし、竜騎士団長の竜って事で〝紫雲の盾〟とかって付けたら――」


――ドスーーン！


莉奈が言い終わるより早く、盛大な音と振動を起こしながら〝ナニか〟が降りて来たのだ。

「……っ⁉」

急に現れたナニかに、莉奈は唖然としていたが、アメリアは抱えていた木箱を落とすところだった。

二人が話をしていたのは、竜の広場に面した外廊下付近である。

そのすぐ隣の広場に、前触れもなく竜が降りて来たのだから、ビックリでしかない。

「さすがは竜喰らい。良き名を考えてくれました」

そう言ってピュルル～と歓喜の声を上げ、ウットリとしているのが噂の紫の竜。ゲオルグ師団長の竜であったから、さらに驚きだ。

真上から降りて来た気がしたから、白竜宮の屋上で寛いでいたのだろう。

「竜喰らい」

莉奈は突然の竜の襲来より、竜喰らいと呼ばれた事に思わず半目になってしまった。

自分はからあげと呼ばれると怒るクセに、人を竜喰らいと呼ぶゲオルグ師団長の竜に、莉奈は憤りを感じずにはいられない。

「あの単細胞にこれからは〝紫雲の盾〟と呼ぶようにと伝えましょう」

「『単細胞』」

仮にも自分の番に、毒舌過ぎやしませんかねこの竜は。

莉奈とアメリアが唖然としている間に、紫雲の盾となった竜はもう用はないとばかりに、トンと地を蹴《け》った。

そして、去り際にチラリとアメリアの持つ木箱を見てこう一言。

「たんぽぽの爪には青や紫より、赤系の色の方が似合うと思いますよ？　芋娘」

「『芋娘』」

莉奈が〝竜喰らい〟なのだから、〝芋娘〟とはアメリアの事だろう。そしてたんぽぽとは、アメリアの竜である琥珀の月の事だ。

あの竜は誰にでも毒舌だった。

しかも、アメリアの竜の爪に飾る色を提案するだけでなく、当初たんぽぽと名付けたアメリアのネーミングセンスまで、揶揄《やゆ》して行くのだから。

莉奈はもはや苦笑いすら出なかったが、アメリアは色んな意味で固まっていたのであった。

紫雲の盾に芋娘と呼ばれたアメリアは、怒るよりも先にショックだったらしく、フラフラと職場に戻って行った。

「アメリアが芋娘なら、アンナはなんて呼ばれているんだろう?」

普段から、竜に好き勝手に呼ばれている莉奈は、今更なので怒りはすぐ消えていた。

それより、あの竜に他の人達は何と呼ばれているかが気になったのだ。

ただフェリクス王に暴言を吐いて、無事な竜などいないハズだから、フェリクス王には、変なあだ名など付けていないだろうと、莉奈は思ったのだった。

書き下ろし番外編1　真珠姫の災難？　自業自得？

莉奈《りな》がスライムという思わぬ収穫にホクホクしていた頃――

同じ様に、ご機嫌な様子の真珠姫が、散歩から帰城していた。

自由気ままに温泉に浸かり、ほっこりとした気分で部屋でのんびりとするのが、今、真珠姫のお気に入りの時間だ。

いつもの様に、いつもの部屋で……と考え帰って来れば、碧空《へきくう》の君が自室でなにやらウットリとしているようだった。

一体、何を見てウットリとしているのだろうと、自室に戻る時に真珠姫は二つ隣の部屋の碧空の君を見た。そう、この時はあくまで控えめに、チラリと。

だが、碧空の君の右前足（右手）が見えた瞬間――

真珠姫はもはや釘付《くぎづ》けであった。美容液とはまた違う、立体的で美しいフォルム。

「ど、ど、ど――」

どうしたのですか⁉　何をしたのですか⁉

その神々しく輝く碧空の君の爪に、真珠姫は高揚しまくり言葉が口から出てこない。気持ちばかりがはやり過ぎて、もはや口をパクパクするばかりだった。
やっとの思いで訊《き》いてみれば、やはりというか想像通りの答えが返ってきた。
〝竜喰らい〟である。
部屋は可愛くなり、爪は煌びやかになり、碧空の君はいつも楽しそうだ。
この〝女王〟を差し置いて‼
何故、女王たる私がいつも二番手なのだ。
何故、〝竜喰らい〟は碧空の君を優先、優遇するのだ。

真珠姫は怒りに任せ、莉奈を攫《さら》った。
だが、反撃を食らい、ボコボコである。
そうだった。この少女は、見た目とは裏腹に化け物だ。
弱々しい姿からは想像がつかない程、強靭《きょうじん》な精神《メンタル》。
細い足からは考えられない程の破壊力の蹴《け》り。
忘れていた。
莉奈を怒らせても百害しかない事を……。
背後を見たら、その莉奈が自分を喰《く》わんと迫ってくるではないか。
真珠姫はバタバタと逃げるしかなかったのであった。

——そして。

ほとぼりが冷めた頃、真珠姫が戻って来れば……番であるシュゼル皇子が待ち構えていた。

「何故、あのような事を？」

ほのほのとしているが、目が笑っていないシュゼル皇子。

理由を説明しない訳にもいかないので説明すれば、ため息を吐《つ》かれた。

ため息を吐きたいのはコチラだ。

真珠姫はそう思っていた。

そもそも、この男がしっかりとあの少女を管理しないからだ。自分を優先するように言っておかないのが悪い。悪いのは私ではないのだ。

真珠姫はブツブツと、内心で愚痴を零していた。

その何か言いたそうな表情で、何かを察したシュゼル皇子は、「仕方ありませんね」と、真珠姫の爪を綺麗《きれい》にしてくれると言い出した。

莉奈にボコボコにされた時は、どうなるかと思ったが、それはそれ。結果、自分が美しくなるのであればいいと、真珠姫は気分を良くした。

——だが。

「出来ましたよ？」

そう言われ、心地よい気分で目を開ければ……。

そこには絶望しかなかった。

何故、爪にリンゴやバナナが⁉

何故、爪に高級ポーションが⁉

「綺麗なだけでは、意味はないですからね？」

何が⁉　どうして⁉

真珠姫が爪を見たまま固まっていると、シュゼル皇子は満足げに走り去って行ったのであった。

「私の爪が……爪がぁぁあ〜〜‼」

真珠姫はただ美しくなりたかった。

真珠姫はただ、碧空の君みたいな爪にして欲しかった。

だが、結果は――

真珠姫のいる宿舎からは、絶望と嘆きの声が響いていたのであった。

書き下ろし番外編2　冒険者の受難は誰のせい？

真珠姫が泣いている。

初めは何に泣いているのかと思ったが、爪を見て納得した。

〝アレ〟はない。

何故、爪に果物が付いているのか、理解に苦しむ。

同情しかない碧空の君は、莉奈《りな》に頼むかと足を銀海宮《ぎんかいきゅう》に向けようとした。

だが、手ぶらで行っても、断られる未来しか見えない。

そう考えた碧空の君は、何か持っていくのが良案だと、宿舎の外に転がっていた籐《とう》の籠《かご》を一つ手にした。

この籠は、花や果物、時には石を採取する竜のために、軍部の人達が特注で作ってくれた大きな籠だった。

人が一人や二人すっぽり入るくらいの大きな籠。

そこに莉奈の好きな〝食べ物〟を採って来れば、真珠姫の爪も自分にしたみたいに美しくしてくれるだろうと思ったのだ。

莉奈は何でも喰らう。それなら、自分のお気に入りの食材にしようと心に決め、森へと向かった。

のんびり景色を楽しみながら向かっていれば、森の入り口付近に、薄紫の小竜がいるのを見かけた。

小さき皇子の番となった、あの小竜だ。

森のゴキブリと人が言う〝フロストローチ〟を一生懸命に追いかけ回して、楽しそうに遊んでいた。

身体はだいぶ成体に近付いてきたが、まだまだ子供である。

一応周囲を警戒したが、特段強い魔物もいなそうなので、まだ遊ばせておこうと、碧空の君はさらに奥へと飛ぶのであった。

◇◇◇

しばらく飛行をしていると、森に少し開けた場所があった。

そこが今日、碧空の君が目的としていた場所。

その地にゆっくり着地すれば、辺りの地面にはところどころ小さな穴が空いていることに気が付いた。

それがお目当ての生物の棲《す》み処《か》である。

大抵の竜が、この生物を好んで食べている。

だから食の権化である莉奈も気に入るだろうと思っていた。

碧空の君は持参していた籐の籠を地に置き、その場でドスンと地面を蹴った。

一度、二度と繰り返して数回。

そして、何もせず過ごすこと数分。

穴から何事かと思った白い生き物がニョロニョロと這《は》い出してきた。

蛇とも芋虫ともミミズとも見えるその生物。

【ミルクワーム】と言って、竜が好んで食べる虫である。

噛《か》むとプチリと外皮が弾け、中からトロッと甘いジューシーな身が飛び出す。

このミルクワームのミルクとは、見た目が白いからか、中身の汁が白いからか、はたまた食べた人間がミルクみたいだと言ったからなのか、その名前の由来は定かではない。

とにかく、碧空の君は穴から顔を出したそのミルクワームを、籠いっぱいに入れた。

これで莉奈も喜んで、真珠姫の爪を綺麗に飾ってくれるだろう。

碧空の君は、そうなると信じていた。

◇◇◇

満足げに王城へと戻る碧空の君。

ミルクワームが落ちない様に注意しつつ飛行していれば、まだ遊んでいる小竜が目に留まった。あのカサカサ動くフロストローチを追いかけて何が楽しいのか、碧空の君には分からない。正直、あの素早い動きは好きになれない。

いつまでも遊んでいそうな小竜に、今度は声を掛ければ、パタパタとこちらに向かって飛んで来た。

両手いっぱいにフロストローチを抱えて。

その虫のせいで、王宮内で少々騒ぎがあった事を耳にしていた碧空の君は、それを捨てる様に言った。

若干不服そうではあったが、代わりにとこのミルクワームを一つあげれば、小竜は喜んで手に持っていたフロストローチをポイっと下へ捨てた。

そう下へ。

「ンギャーーーーッ⁉」

その瞬間、下から絶叫に近い悲鳴が上がった。

捨てた先に冒険者がいたのは……きっと、気のせい。

急に落とされたフロストローチが、ビックリして飛び回っているのは……そう気のせいだ。

あとがき

こんにちは、神山《かみやま》です。

本書を手に取っていただき、ありがとうございます。

皆様の応援のお陰で、このシリーズも10巻を迎えることが出来ました。

改めて、ありがとうございます。


ところで、小説をお読みいただいた皆様。リヴァイアサンのカルパッチョはいかがでしたでしょうか？

美味しそう？　綺麗？

作者は正直、う～ん？　と唸《うな》りました。

実は、本書のイラストを担当して下さっているたらんぼマン先生が、このリヴァイアサンのカルパッチョを実際に作って見せて下さったのです‼

（着色料を使って、実際にあったらこうだろうという設定で）

青い切り身は綺麗《きれい》で、だからこそ頭が混乱して唸りました。

美味しければ、色や見た目なんて関係ないですよね（きっと）。

だけど、色々な刺身と混ぜてちらしてみれば、鮮やかなちらし寿司に‼


ちなみにですが、ウチで飼っているフトアゴちゃんは、オクラがマイブームです。

ですが、オクラはどうやら栄養価が高いらしく、食べ過ぎると太ります。

トカゲって野菜の種類によっては太るんですね。

トカゲの知識がまた一つ増えました。


最後に改めて、本書を手に取ってくださった皆々様、ありがとうございました。

イラストを担当して下さった、たらんぼマン先生。今回も素敵なイラストを描いて下さり、ありがとうございます。そして、綺麗なリヴァイアサンのカルパッチョを作って下さり感謝しております。

コミカライズの作画を担当していただいている朝谷《あさたに》先生、いつも元気一杯の莉奈や、カッコ可愛い王兄弟を描いて下さりありがとうございます。莉奈たちに癒されております。

担当様、いつもどこか抜けている神山を支えて下さりありがとうございます。

皆々様の支えがあって10巻となりました。

ありがとうございます。

カドカワBOOKS

聖女《せいじょ》じゃなかったので、王宮《おうきゅう》でのんびりご飯《はん》を作《つく》ることにしました 10

2024年 1 月10日　初版発行

著者／神山《かみやま》りお

発行者／山下直久

発行／株式会社KADOKAWA

〒102-8177
東京都千代田区富士見2-13-3
電話／0570-002-301（ナビダイヤル）

編集／カドカワBOOKS編集部

印刷所／暁印刷

製本所／本間製本

Printed in Japan
ISBN 978-4-04-075286-0 C0093

新文芸宣言

かつて「知」と「美」は特権階級の所有物でした。

15世紀、グーテンベルクが発明した活版印刷技術は、特権階級から「知」と「美」を解放し、ルネサンスや宗教改革を導きました。市民革命や産業革命も、大衆に「知」と「美」が広まらなければ起こりえませんでした。人間は、本を読むことにより、自由と平等を獲得していったのです。

21世紀、インターネット技術により、第二の「知」と「美」の解放が起こりました。一部の選ばれた才能を持つ者だけが文章や絵、映像を発表できる時代は終わり、誰もがネット上で自己表現を出来る時代がやってきました。

UGC（ユーザージェネレイテッドコンテンツ）の波は、今世界を席巻しています。UGCから生まれた小説は、一般大衆からの批評を取り込みながら内容を充実させて行きます。受け手と送り手の情報の交換によって、UGCは量的な評価を獲得し、爆発的にその数を増やしているのです。

こうしたUGCから生まれた小説群を、私たちは「新文芸」と名付けました。

新文芸は、インターネットによる新しい「知」と「美」の形です。

2015年10月10日
井上伸一郎